額田王と初期万葉歌人

Nukata no Okimi & Shoki Manyo Kajin

梶川信行

コレクション日本歌人選021
Collected Works of Japanese Poets

笠間書院

『額田王と初期万葉歌人』

——目次

凡例

一、本書は、天武朝（六七二〜六八六）以前を初期万葉とするという立場に基づき、その時代に位置付けられた万葉歌の中から四十首の歌を選んで収録した。
一、収録した歌の配列は時系列ではなく、『万葉集』に登場する順である。
一、本書は、次の項目からなる。「作品本文」「出典」「口語訳（大意）」「鑑賞」「脚注」「略伝」「略年譜」「筆者解説」「読書案内」「付録エッセイ」。
一、作品本文は、『萬葉集』（おうふう）を基に、適宜漢字仮名交じりの形に改めた。歌番号は、旧国歌大観番号である。
一、鑑賞は、基本的には一首につき見開き二ページをあてたが、長歌及び重要な作品については、特に四ページをあてた。
一、短歌も長歌も、意味を取り易いように、行を分けて見易く提示し、口語訳もそれに準じて掲げた。

額田王と初期万葉歌人

天皇《すめらみこと》の御製歌《おほみうた》

01
籠《こ》もよ　み籠《こ》持《も》ち
掘串《ふくし》もよ　み掘串《ふくし》持《も》ち
この岳《をか》に　菜《な》摘《つ》ます児《こ》
家《いへ》告《の》らせ　名《な》告《の》らさね
そらみつ　倭《やまと》の国《くに》は
押《お》しなべて　吾《われ》こそ居《を》れ
しきなべて　吾《われ》こそ座《ま》せ
我《われ》こそは　告《の》らめ　家《いへ》をも名《な》をも

【出典】巻一・一

「（雄略）天皇のお作りになった御歌」
籠よ、きれいな籠を持って、ヘラよ、使いやすそうなへラを持って、この丘で若菜を摘んでおいでのお嬢さん、どこの家の人なのかおっしゃいなさい、名前をおっしゃいなさいな。
そらみつ大和の国は、すべてこの私が支配している、すっかり私が支配しているのだ。その私こそ明らかにしようぞ、家柄をも名前をも。

『万葉集』巻一の巻頭に置かれた歌。雄略天皇の歌である。雄略は五世紀に実在した大王で、古墳から出土した剣の銘などによって、関東や九州にまでその支配が及んだことが知られる。*倭の五王の一人「武」にも擬せられる。右は、そうした古代を代表する天皇の結婚に関わり、繁栄と豊穣を予祝するめでたい歌である。だからこそ、その巻頭に置かれたのだと言われている。

口訳を二段に分けておいたのは、冒頭から「名告らさね」までの前半と、「そらみつ」以下の後半とで、*歌の主体の態度が大きく異なっているからである。「み籠」「み掘串」のミは美称であり、相手の持ち物を褒めている。たとえば「おカバン」と言うのに等しい。また、「菜摘ます」「告らせ」「告ら

*倭の五王―中国の文献に見え、南朝の宋に朝貢した五人の倭王を言う。

*歌の主体―個人的な創作歌ならば、作者は通常、「我」とされる歌の主体と一致しているが、この歌は伝承歌。したがって、一人称を直ちに作者と見ることはできない。

さね」の傍線部は、いずれも尊敬の助動詞。すなわち、「児」と呼ばれる娘子《おとめ》に、前半では敬語を使い、親しみを込めて穏やかに呼びかけているのに対して、「そらみつ」以下は、尊大な大王の姿を顕わにしている。とりわけ「吾こそ座せ」は自敬表現であって、「オレ様」のような言い方にあたる。

とは言え、自敬表現は天皇の尊大さを伝えるものではあるまい。むしろ、それが伝承歌であることを示している、と見るべきであろう。つまり、天皇に対する語り手の敬意が、そこに示されているのだが、それにしても、前半と後半とで、これほどまでに大きく態度が異なっているのは、どうしてなのか。

古代の日本において、「家」（家柄）を聞き、「名」を聞くことは、求婚を意味した。その時求められるものは、紫式部や清少納言のような通称名ではない。「母が呼ぶ名」*すなわち本名である。本名はその人の魂そのものを表しているから、それを他人に教えることは、自分の魂を相手に委ねることにほかならない。もちろん、それは自分の存在そのものを相手に委ねてしまうことだと言ってもよい。したがって、娘子が男に「家」を教え、「名」を明らかにすることは、求婚に応じることを意味したのである。

天皇が娘子に「家」と「名」を聞いた時、娘子はすぐに応じなかったので

*母が呼ぶ名―『万葉集』に「たらちねの　母が呼ぶ名を　まをさめど　道行く人を　誰と知りてか」（巻十二・三一〇二）という歌がある。男に「母の呼ぶ名」を教えようと思うが、相手がどこの誰かわからない、という歌である。

あろう。その姿を見れば高貴な人であることは明白だが、男の正体がわからないからである。素性を明らかにしなければ求婚に応じない話は、記紀*にも例が多い。また『古事記』の雄略には、求婚を拒否された話も見られるが、この時も娘子は、拒否の動作を示したに違いあるまい。態度の豹変は、その結果であろう。だからこそ天皇は、有無を言わさず、求婚に応じさせるために、自ら名乗ろうとしたのだ。

　このように、この歌は主人公の天皇ばかりでなく、その相手役の娘子がいなければ成り立たないものである。これはやはり伝承歌であって、本来、演劇的な所作を伴う口誦の歌謡であったと考えられる。

　ところで、「そらみつ」は一般に枕詞だと言われる。しかし、それは単に「倭」を導き出すためだけの表現ではない。『日本書紀』に饒速日命《にぎはやひのみこと》という神に関わる伝承がある。住むべき国を求めて天《あめ》の磐船《いわふね》に乗り、大空を行き廻って、上空から倭を見下ろし、そこに降臨した。そこで「そらみつ日本《やまと》の国」と言うようになったとされる。すなわち、それは神に選ばれた土地だとする伝承に基づき、「やまと」を讃美する表現なのだ。このように、古層の枕詞はその背後に神々に関わる伝承を持つと考えてよい。

＊記紀―『古事記』と『日本書紀』を言う。

天皇の香具山《かぐやま》に登りて望国《くにみ》したまふ時の御製歌《おほみうた》

02
大和《やまと》には　群山《むらやま》あれど
とりよろふ　天《あめ》の香具山《かぐやま》
登《のぼ》り立《た》ち　国見《くにみ》をすれば
国原《くにはら》は　煙立《けぶりた》ち立《た》つ
海原《うなはら》は　かまめ立《た》ち立《た》つ
うまし国《くに》そ　あきつ島《しま》　大和《やまと》の国《くに》は

【出典】巻一・二

「（舒明）天皇が香具山に登られて国見をなさった時に、お作りになった御歌」

大和の国にはたくさんの山があるけれど、神霊のにぎわっている天の香具山に、登り立って国土を見渡すと、

国原には炊煙がしきりに立ち、海原にはカモメが盛んに
飛び立っている。
なんとすばらしい国だ、この豊かな島、大和の国は。

奈良盆地の南部に、「大和三山」と呼ばれる山々がある。いずれも標高百メートル台の低い山だが、どの山も平野のまん中にぽっかりと浮かんだ島のように見える。香具山は、その三山の東側に位置する山。「天の」と冠されるのは香具山だけだが、天上から落ちて来た山だとする伝承を持つ（『伊予国風土記』逸文）[*]ことによる。

右は、大和にはたくさんの山があるということからうたい出されるが、「とりよろふ」の語義については諸説がある。「群山あれど」と逆接なので、たくさんの中から特に選ばれた優れた山だということを言うのであろう。とり装うことだとする説もあるが、「とり」は神霊に関わる語の接頭語に例が多い。また「よろふ」は、寄るに反復・継続を表わす語尾のフがついた形。ウツル・ウツロフ、ノル・ノロフなどと同じである。「神霊のにぎわってい

＊『伊予国風土記』逸文—伊予は現在の愛媛県。逸文とは、原本は散逸したが、他の本に引用されているものを言う。香具山に関する伝承は『釈日本紀』に見える。

る」と口語訳したのは、そうした理由によるが、だからこそ、天皇がそこに登って、国見をするに値する山なのである。

「海原」についても説が分かれていて、香具山周辺にかつて存在した池のことだとする注釈書も多い。しかし、この歌の表現は、そんなに即物的なものではあるまい。国見という儀礼は、統治する国土を確認する意味を持つ。したがって、聖なる山で国見をする天皇の視野には、国土の全体と、その国土を取り巻く海原が入っていなければならない。それは、文字通りの海原であろう。

『古事記』に「三貴子《さんきし》の分治」という神話がある。天照大神《あまてらすおおみかみ》が高天原《たかまのはら》という天上の世界を治め、夜は月読命《つくよみのみこと》という神が治め、海原は速須佐之男命《はやすさのおのみこと》が治めると語られている。そして、天照の子孫がこの*葦原中国《あしはらのなかつくに》に降臨し、天皇となったとされる。この神話によれば、天皇の治める国は、神々の世界の下にある「国原」と「海原」によって構成されていることになる。つまり、右の歌の「国原は」「海原は」という対句は、天皇の治める国のすべてを表わしているのだ。

「煙」についても異説があるが、それは竈《かまど》の煙であり、「国原」が豊かなこ

*葦原中国—天皇の統治する国のこと。

との象徴であろう。またカモメが立つのは、水面下に魚群がいるからであって、それは豊かな漁場としての海であることを示している。したがって、「国原は　煙立ち立つ　海原は　かまめ立ち立つ」という四句で、天皇の治める国がすべて豊かだということを宣言していることになる。だからこそ、「うまし国そ　あきつ島　大和の国は」と称えられ、一首が結ばれるのである。香具山という特別な山で行なわれる国見だからこそ、国土のすべてが視野に入り、その豊かさも保障されるのであろう。

　このように、右は凝縮された表現によって、天皇の支配する国土の全体を過不足なく称えた一首である。天皇の結婚に関わる雄略天皇の歌に続き、*舒《じょ》明《めい》天皇の作とされるこの歌は、支配するこの国の豊かさをうたっている。やはり、めでたい歌であると言ってよい。

　和銅五年（七一二）に成った『古事記』は推古天皇で終わっている。奈良時代から見た〈古事〉とは、推古の時代までということだが、舒明は推古の次に立った天皇である。すなわち、奈良時代から見た〈近代〉の歌の歴史は、この一首から始まると考えてよい。

＊舒明天皇—在位は舒明元年（六二九）から同十三年。『万葉集』は実質的にこの天皇の時代から始まるとされる。

天皇の宇智《うち》の野に遊獦《みかり》したまひし時、中皇命《なかつすめらみこと》の間人連老《はしひとのむらじおゆ》をして献《たてまつ》らしめたまへる歌

03
やすみしし　我《わ》が大王《おほきみ》の
朝《あした》には　取《と》り撫《な》で賜《たま》ひ
夕《ゆふへ》には　い寄《よ》り立《た》たしし
み執《と》らしの　梓《あづさ》の弓《ゆみ》の
中弭《なかはず》の　音《おと》すなり
朝獦《あさがり》に　今立《いまた》たすらし
暮獦《ゆふかり》に　今立《いまた》たすらし
み執《と》らしの　梓《あづさ》の弓《ゆみ》の
中弭《なかはず》の　音《おと》すなり

【出典】巻一・三

「（舒明）天皇が宇智の野で狩りをされた時に、中皇命が間人連老に献上させた歌」

　この世界をあまねく支配されている我が大君が、朝には手に取ってお撫でになり、夕方にはそのそばにお立ちになった、ご愛用の梓の弓の、中弭の音がしている。朝の狩りに、今お立ちになるらしい。夕方の狩りに、今お立ちになるらしい。ご愛用の梓の弓の、中弭の音がしている。

＊やすみしし―35参照。

「＊やすみしし」は、天皇の偉大さを称える枕詞だが、そうした冒頭から四行目の「梓の」までは、すべて「弓」の修飾語。梓は、弓の材としては良質のものだが、それにも増して、この世界をあまねく支配されている天皇が、朝にも夕にも身辺に置いて、大切にしている弓だと言う。それはまさに最高の弓にほかならない。その弓の「中弭の音」は、鳴弦《めいげん》のことだと見るのが通説。弓の弦を空撃ちして、音を立てることである。一般的には魔よけの呪術だが、この場合は、狩猟の場における安全と豊猟を祈念するための行為だとされる。最高の弓による鳴弦であると言挙《ことあ》げされることで、最高の結果が期待されているのだ。

「朝猟に　今立たすらし　暮猟に　今立たすらし」とは、特定の時間を表わしているわけではない。いつの狩りにでも使用可能な歌だったと見ることができる。天皇の狩りの際の呪術的な歌として、うたい継がれて来たものだったのであろう。二度目の「み執らしの」は、呪術的な詞章の効果を高めるための繰り返しであろうが、「み執らしの　梓の弓の」と言えば、「やすみしし　我が大王の」以下、最高の弓であることを示すフレーズが暗黙のうちに含まれている。あるいは、実際に声で唱えられた時には「やすみしし」から繰り返されたが、文字で記録する際に、簡略化されたのだと考えた方がいいのかも知れない。

宇智野は、大和国宇智郡の野。現在の奈良県五條市である。都の置かれた飛鳥*の南西十七、八キロ。金剛山南麓の見晴らしのよい傾斜地である。旧暦五月五日に行なわれた薬猟*の時の歌であった可能性が高い。

中皇命と呼ばれる人物については諸説があるが、間人皇女《はしひとのひめみこ》と見るべきであろう。舒明天皇の皇女である。古代において、皇子・皇女は乳母の里で養

*飛鳥—奈良県高市郡明日香村。舒明天皇の宮は、高市岡本宮と呼ばれた。

*薬猟—五月五日に行われた行楽行事。男は鹿を追い、女は薬草を摘む。10の歌参照。

育されたが、間人と称されるのは、間人氏に養育されたことに基づく通称名であった可能性が高い。本来、この皇女が呪術的な歌を披露すべき立場だったが、舒明朝にはまだ少女だったと推定される。そこで、皇女を養育した一族の者で、伝統的な詞章に通じていた間人連老が、代わりに歌を献上したとする説が穏当であろう。

なお、この歌には＊反歌《はんか》が付されている。

たまきはる　宇智《うち》の大野《おほの》に
馬並《うまな》めて　朝踏《あさふ》ますらむ
その草深野《くさふかの》
（巻一・四）

という一首である。伝統的な詞章であり、繰り返しうたわれたものと見られる長歌に対して、この反歌には場所（宇智の大野）と季節（草深野）と時間（朝）が示されている。一回的なものであると見てよい。

長歌は、出発の際の鳴弦の音を実際に聞いている歌だが、反歌はそうではない。「らむ」は現在の推量。この歌の作者は飛鳥にいて、遥かな宇智野で繰り広げられている天皇の狩りを想像しているのである。

＊反歌―長歌の後に付された短歌。

04

額田王《ぬかたのおほきみ》の歌

秋《あき》の野《の》の　み草《くさ》刈《か》り葺《ふ》き
宿《やど》れりし　兎道《うぢ》の宮処《みやこ》の
仮廬《かりほ》し念《おも》ほゆ

【出典】巻一・七

「額田王の歌」

秋の野の美しい萱を刈り取って屋根に葺き、かつて旅の宿りをした宇治の宮どころの、粗末な行宮のことがしきりに思い出されることです。

＊皇極天皇《こうぎよくてんのう》の時代の歌として、『万葉集』に収録されているが、皇極は舒明天皇の皇后で、夫の死後即位した女帝である。その頃、額田王は十代。知られる限りにおいて、もっとも若い時の歌である。

＊皇極天皇―その在位は、皇極元年（六四二）～同四年。大化改新のクーデターの際に退位。

ミヤコの原義は、宮のある所の意で、この「宮処」も行宮《あんぐう》のある場所のこと。宇治川は現在でも水量が多い。大化二年（六四六）に、道登《どうと》という僧によって橋が架けられるまで、多くの人や馬が渡河の際に流されて、命を失ったと伝えられる。道中の難所だったからこそ、そこに行宮《あんぐう》が置かれたのであろう。

どこに行幸した時の歌なのかは不明だが、皇極はその兎道*の行宮に宿ったことがあった。しかし、皇極にとって、それは初めての経験ではなかった。それ以前にも、今は亡き夫の舒明とともに、そこに宿ったことがあったのだ。季節は秋。野に生い茂る萱を刈り、それを屋根に葺く儀礼を行なって、粗末な行宮に宿ったのだが、再びそこに宿ったことで、皇極の脳裏に、夫とともに訪れた日のことが甦って来たのである。

『万葉集』のこの歌には左注*があって、『類聚歌林』*という書物には、天皇の歌だとされていると言う。作者に関する別伝だが、『類聚歌林』は形式作者を伝え、『万葉集』は実作者を伝えているとする見方が有力である。すなわち、皇極の思い出話を受けて、額田が女帝になり代わって回想の歌をなしたのだとされる。後に額田は宮廷歌人*的な活躍をするが、その素養がすでにここに現れている。

＊兎道—現在の京都府宇治市のことだが、七世紀には「兎道」と表記された。

＊左注—歌の左側に付される注。作者や作歌事情に関する考証などが記されるが、単に作者名だけを記すものもある。

＊『類聚歌林』—山上憶良の編纂した歌集だが、現存しない。

＊宮廷歌人—古代に実在した官職名ではなく、近代の学術用語である。宮廷社会を活躍の場とし、儀礼歌等をなす歌人を言う。

05 額田王《ぬかたのおほきみ》の歌

熟田津《にきたつ》に　船乗《ふなの》りせむと
月待《つきま》てば　潮《しほ》も適《かな》ひぬ
今《いま》は漕《こ》ぎ出《い》でな

【出典】巻一・八

「額田王の歌」
熟田津において船出をしようと、月を待っていると、潮の具合をも含め、すべての条件が整った。さあ、今こそ漕ぎ出そうぞ。

朝鮮半島は三国の時代だったが、度重なる抗争の果てに、斉明天皇の六年(六六〇)、百済《くだら》が新羅《しらぎ》に攻められて滅亡する。その残党が百済を再興するため、日本に援軍を求めて来た。それに対して時の政府は、半島への出兵を決意。翌七年正月には、斉明《さいめい》天皇一行を載せた船が＊難波《なにわ》を立ち、瀬戸内海を一路西

＊難波—現在の大阪市中央区法円坂に難波宮跡がある。大化改新の後、一時的に都が置かれた。近くに国家的な港津の難波津があった。

へ。やがて伊予の熟田津*に停泊した。

熟田津は、現在の愛媛県松山市近郊の港。額田王は天皇とともに、石湯行宮《いわゆのかりみや》*に入った。その名からすれば、温泉の湧き出る行宮だったに違いない。体調を崩していた老女帝はそこで静養したのであろうが、その間も水軍の徴発など、派兵の準備は着々と進められていた。右の歌は、出航の準備が整って、その熟田津から出発する時のものである。

「潮も」のモは、他にも同じものがあることを示す。つまり、「適ひぬ」ものは潮だけではなかったのだ。月も、風も、人も……で、すべての条件が整ったことを表わしている。一方、「今は」のハは、他と区別し、それを強く提示する働きを持つ。「漕ぎ出」すべき時は、ほかでもない、まさに「今」だと言うのである。すべての条件の整った「今」こそ、最良の船出の時であるということを、高らかにうたい上げた一首である。

一行に対して、「今は漕ぎ出でな」と指示するのは天皇の役割にほかならない。左注は、これは天皇の歌であるとする『類聚歌林』*という書物の記述を伝えている。つまり、額田は天皇になり代わって、最良の船出であることをうたい上げたのだ。

＊熟田津―松山市近郊の港だが、具体的な所在地については諸説があり、不明。

＊石湯行宮―熟田津に近い旅先の宮殿だが、近年は松山市来住町で発見された官衙跡がその候補地に挙げられている。

＊『類聚歌林』―04参照。

中大兄《なかのおほえ》　近江宮に天の下知らしめしし天皇

三山歌

06

香具山《かぐやま》は　畝火《うねび》を愛《を》しと
耳梨《みみなし》と　相争《あひあら》ひき
神代《かむよ》より　かくにあるらし
古昔《いにしへ》も　然《しか》にあれこそ
うつせみも　嬬《つま》を　争《あら》ふらしき

【出典】巻一・一三

「中大兄（近江宮で天下をお治めになった天皇）の三山の歌」

香具山は畝傍山をいとしいと思って、耳成山と互いに争った。神代からこうであるらしい。古き代もそうであるからこそ、今の代の人も妻を争うらしい。

中大兄は、*中臣鎌足《なかとみのかまたり》とともに蘇我蝦夷《えみし》・入鹿《いるか》の親子を倒し、いわゆる大化改新を成し遂げた人物として知られる。後に即位して、*天智天皇となった。右は、その皇太子時代の歌として伝えられる。「三山」とは大和三山のこと。02でも述べたように、奈良盆地の南部に、ぽっかり浮かんだ島のような低い山々である。その三つの山は、あたかも三角関係にあるかのように鼎《てい》立《りっ》している。

古来、この三山の性別をめぐっては、さまざまに議論されて来た。どの山の形が男らしいか、女らしいかと。しかし、そうした主観をぶつけ合う議論はすでに過去のものとなっている。完全に議論が決着したとは言い難いが、『古事記』には畝傍山に「みほと」（女性器）があると伝える。現在では、二男一女型の妻争い伝説と見て、女山の畝傍山*を、男山の香具山*と耳成山*が争ったのだとする説が有力である。

かつて、自然は神であった。当然、山も神であり、意志を持っていた。神代は、そうした神々の活躍した時代である。そこでは、人間くさい争いも見られた。「愛し」とは、「惜し」と一つの事柄で、大切に思い、それを失いたくないという気持ち。香具山は、西側に相対する畝傍山に、そうした気持ち

*中臣鎌足―中大兄とともに蘇我氏を倒し、大化の改新政治を行なった。推古二十二年（六一四）～天智八年（六六九）。死の直前に藤原の姓を賜る。

*天智天皇―在位は、天智七年（六六八）～同十年。近江大津宮に都を置いた。系図参照。

*畝傍山―奈良県橿原市の南西部にある。標高一九九メートル。

*香具山―橿原市の南東部にある。標高一五二メートル。

*耳成山―橿原市北部にある。標高一四〇メートル。

を抱いていたのだ。

ところが、右側（北）には耳成山が控えていた。耳成は円錐形の山で、その姿はなかなか美しい。香具山の強力なライバルとなったのだ。三角関係となった三山が争ったのは、「相争ひき」と、過去のことであることが明示されているが、三山は現在も鼎立している。すなわち、激しく争ったのは神代の昔のことだが、今も争いには決着がついていない、ということにほかなるまい。

初期万葉を代表する女流歌人の額田王には、38に天智天皇を思う歌がある。一方で、天智の弟の*大海人皇子《おおあまのみこ》は、11で額田を「人妻」と呼んでいる。それもあって、この二人の貴公子の間で愛の葛藤に翻弄されたラブ・ロマンスのヒロインという額田王像も生まれた。江戸時代の末頃に生まれた見方だが、井上靖の小説『額田女王』など、小説家の描く額田王がそうしたイメージを前提としていることもあって、現在でもそう信じている人は多い。

この歌もそのように読まれ、弟大海人との間で額田王をめぐる争いがあり、それをうたったものだとされている。つまり、事実はどうであれ、この歌には、若き日の天智天皇の苦悩をうたったものとして読まれて来た歴史が

＊大海人皇子―天智天皇の弟。即位して天武天皇と言った。系図参照。

あるのだ。
「かく」は、「このように」と、眼前のものを手で指し示す動作を伴う語である。ラシは根拠ある推量。すなわち、中大兄は三山を視野に入れられる場所に立って、「神代より　かくにあるらし」と判断していることになる。何が根拠かと言えば、現に鼎立している三山そのものの姿である。山は動かないから、神代の昔から「然に」あった、すなわち鼎立していたのだ。そういう判断がさらに、「うつせみも　嬬を　争ふらしき」という判断へと繫《つな》がって行く。妻争いは、単に現代の問題ではなく、神代に根拠のあることだからこそ、それはいつの時代でも変わらないことなのだ、と。
とは言え、『万葉集』の題詞は「三山歌」としている。また、

香具山と　耳梨山と　闘《あ》ひし時
立ちて見に来し　印南国原《いなみくにはら》
（巻一・一四）

というこの歌の反歌*は、三山の妻争い伝説に縁《ゆかり》の地であることをうたったものである。妻争いはあくまでも一般論としてのことであって、「うつせみ」は必ずしも中大兄自身のことではあるまい。

*反歌—03参照。

天皇の内大臣《＊うちつおほおみ》藤原朝臣《ふぢはらのあそみ》に詔《みことのり》して、春山の萬花の艶ひと秋山の千葉の彩りを競《きほ》ひ憐《あは》れびしめたまひし時、額田王の歌をもちて判《ことわ》れる歌

07

冬《ふゆ》こもり　春去《はるさ》り来《く》れば
喧《な》かざりし　鳥《とり》も来鳴《きな》きぬ
開《さ》かざりし　花《はな》も咲《さ》けれど
山《やま》を茂《し》み　入《い》りても取《と》らず
草深《くさふか》み　執《と》りても見《み》ず
秋山《あきやま》の　木《こ》の葉《は》を見《み》ては
黄葉《もちつ》をば　取《と》りてそしのふ
青《あを》きをば　置《お》きてそ歎《なげ》く
そこし恨《うら》めし
秋山吾《あきやまわれ》は

【出典】巻一・一六

「（天智）天皇が内大臣*の藤原朝臣（鎌足）に詔をされ、「春山の萬花の艶ひ」と「秋山の千葉の彩り」を愛でる漢詩を競作させなさった時に、額田王が歌で判定した歌」

冬が過ぎて春がやって来ると、今まで鳴かなかった鳥も来ては鳴いた。咲かなかった花も咲くけれど、山は木々が生い茂っているので、そこに立ち入って手に取ることができない。草が深いので、手に取って見ることもできない。ところが、秋山の木の葉を見ると、色づいた葉をまさに手に取って賞美できる。青いままの葉は、そのままにして溜息をつく。その点こそが恨めしいことです。秋山がいいわ、私は。

*内大臣の藤原朝臣—藤原鎌足のこと。23参照。

*近江大津宮《おうみのおおつのみや》の時代の歌である。『*懐風藻《かいふうそう》』によれば、大津宮の時代にはしばしば文雅の宴が催され、多くの漢詩文が作られたとされる。この時も天智

天皇の主催する漢詩の宴であったとするのが通説である。題詞*の「春山の萬花の艶ひ」と「秋山の千葉の彩り」は、そこで天皇から与えられたテーマ。それが鎌足を通じて参加者に伝えられたのだ。参加した官人たちはそれぞれ、春を支持する詩、あるいは秋を愛でる詩をなしたが、それに対して額田王が判定の歌をなしたのだとされている。

右はまず、「冬こもり　春去り来れば」と春の風景からうたい始める。そして、鳥も来て花も咲くと続けているので、これを聞いた人たちは、額田は春を愛でる歌を披露するのだろうと受けとめる。ところが、「咲けれど」という逆接の助詞から方向性が変わる。せっかく咲いた花も手に取れないと、難色を示しているのだ。

それに対して秋山は、下草も枯れて来るので、手に取ることができると言う。それを聞いた人々は、額田は春もいいが秋の方がいいという歌をなすのだ、と思い始めたことだろう。しかし、額田は結論を急がない。「青きをば置きてそ嘆く」と秋の短所も述べるのだ。しかも、「そこし恨めし」とまで、強い言葉で秋を否定する。

ここに至ると、額田はいったいどちらを支持するのか、聞いている人々に

＊近江大津宮―天智天皇の都。天智六年（六六七）～同十一年まで。

＊『懐風藻』―奈良時代の中期に編纂された漢詩集。序文は大津宮の時代に対する限りない哀惜の念に包まれている。

＊題詞―歌の前に作者や作歌事情について記したもの。和文の詞書に対して、『万葉集』のそれは漢文体なので、題詞と呼ぶ。

はわからなくなる。さらに続きを聞こうとすると、突然、何の根拠も示さずに、「秋山我は」と結論づけてしまう。どちらもいいけど、私は秋がいいわ、というように。

「吾は」のハは他のものと区別する働きを持つ。つまり、皆さんはどうだか知りませんが、私は、というニュアンスである。春側と秋側双方の顔を立てつつ、最後に自分の好みだけを提示したことで、双方の顔を立てた形である。

題詞はこれを判定した歌だとしているが、この歌は決して、判定した歌ではあるまい。判定をすると、場合によっては角が立つ。宴席を和やかなものにするためには、どちらもいいといった形の方が望ましいのだが、額田は人々の興味を巧みに引きつけつつ、時にはぐらかしながら、座を盛り上げる歌をなしたのである。

この時期の額田を「遊宴の花」と捉える説もあるが、確かに額田は満座の注目を集め、宴の主役となっている。まさに宮廷歌人*的な活躍をなした額田の代表的な一首であると言ってよいだろう。

＊宮廷歌人—04参照。

額田王《ぬかたのおほきみ》の近江国《あふみのくに》に下りし時に作れる歌、井戸王《いのへのおほきみ》の即ち和《こた》ふる歌

08

味酒《うまさけ》　三輪《みわ》の山《やま》
あをによし　奈良《なら》の山《やま》の
山《やま》の際《ま》に　い隠《かく》るまで
道《みち》の隈《くま》　い積《つ》もるまでに
委曲《つばら》にも　見《み》つつ行《ゆ》かむを
しばしばも　見放《みさ》けむ山《やま》を
情無《こころな》く　雲《くも》の　隠《かく》さふべしや

【出典】巻一・一七

「額田王が近江国に下った時に作った歌、井戸王がそれに唱和した歌」

うま酒を醸す神の山、三輪の山よ。青丹《あおに》のすばらしい

奈良の山の、稜線に隠れてしまうまで、道の曲がり角をたくさん重ねるまでに、しみじみと見ながら行こうと思うのに、何度も遠望したいと思う山なのに、無情にも雲が隠していいものでしょうか。

三輪山は、奈良県桜井市三輪に鎮座する大神神社《おおみわじんじゃ》のご神体とされる山である。奈良盆地の東南部に位置するが、現在でも、盆地の中ならばどこからでも、円錐形の美しいその姿を見ることができる。まさに奈良のシンボルであると言ってよい。標高四六七メートル。大神神社は、平安時代の制度で言えば、大和国の一の宮*。奈良を代表する神である。

「味酒」は「三輪」の枕詞だとされる。ミワは、酒を醸《かも》す瓶のこと。神酒を意味する場合もある。したがって、三輪という地名をそういう意味に捉えることもできる。また、三輪山の神の大物主《おおものぬし》は、現在でも酒の神として知られる。大物主は酒を醸す神だから、「味酒　三輪」と言えば、三輪山に籠りいます大物主神の事績を、人々の記憶の中から呼び起こすことに繋がる。近*《おう》

*一の宮—各国の由緒ある神社で、第一位とされる社。

*近江大津宮—天智天皇の都。滋賀県大津市錦織の住宅地の中で、その遺構が確認されている。天智六年(六六七)に遷都され、天武元年(六七二)に勃発した壬申の乱で廃墟となった。

江大津宮《みのおおつのみや》に遷都する時の歌が、大和を離れるにあたって、三輪山を見つつ行きたいとうたうのは、そうした大物主神を意識しているのである。

　この長歌の要点だけを抜き出せば、

　味酒　三輪の山　……　情なく　雲の　隠さふべしや

ということになろう。しかし、それでは歌にならない。「あをによし」以下、「隠さふべしや」と言い放つに至るまでの思いの募る過程を、五七・五七のリズムに乗せて述べたてて行くからこそ歌として成り立つのだ、と言ってもよい。

「あをによし」は「奈良」の枕詞だとされるが、平城京に遷都される前の用例は、いずれも「奈良の山」を導き出している。それは特定の山を言うのではなく、現在の奈良市北部と京都府木津川市にまたがる丘陵地の呼称である。そこを越えると*山背国《やましろ》となり、三輪山を見ることもできなくなる。「奈良の山の　山の際に　い隠るまで」というのは、そこが国境の峠だったからである。

「道の隈」は曲がり角の意。しかし、この時代の奈良盆地にはすでに、南北に直線的に走る道路が整備されていたことが、考古学的にも確認されてい

*山背国—山の後ろの国のことで、現在の京都府南部。平安京に都が遷された後に山城と表記されるようになった。

る。曲がり角など存在しなかったのだが、それは歌の表現の形式であって、異郷への道は「八十隈《やそくま》」を重ねて行くものとうたうのが、通例だったからである。近江は、*畿内ではない。「あまざかる夷《ひな》」とうたわれ、*神武天皇《じんむてんのう》以来都として来た奈良から見ると、まさに異郷であった。そこに移住する人々の不安は、決して小さなものではない。三輪山をずっと見ながら行こうと言うのは、打ち捨てて行く大和のシンボル、三輪山の神のご機嫌が心配だったのであろう。

　ところが、その日は重い雲が垂れこめていて、三輪山の姿が見えなかった。この歌には反歌が付されているが、そこでも、

　三輪山を　しかも隠《かく》すか
　雲だにも　情《こころ》あらなも
　隠《かく》さふべしや　（巻一・一八）

と繰り返している。「しかも」は、そんなにも、の意。雲はその日、ずっと重く垂れこめていたのであろう。そのせいではなかろうが、遷都された大津宮は、その五年後に戦場となり、廃墟となった。

*畿内―大和、山背、河内、摂津、和泉の五国を言う。「畿」は専制君主のいる都の意。

*神武天皇―記紀で初代とされる天皇。伝承上の存在で、実在しないが、大和の橿原に都を定めたと伝えられる。

09

綜麻形《へそかた》の　林《はやし》の先《さき》の
狭野榛《さのはり》の　衣《きぬ》に著《つ》くなす
目《め》につく我《わ》が背《せ》

【出典】巻一・一九

紡錘形の三輪山の林の先の方の狭い野に茂るハン（ハリ）ノキの、針が衣につくように、目につくあなたですこと。

08で述べたように、三輪山は円錐形の美しい山である。大神神社の周辺には、いくつも溜め池があり、天気さえ良ければ、その溜め池に三輪山の姿が映る。もちろん、その姿は鏡のように逆さになるから、溜め池の反対側に立つと、紡錘形の三輪山を見ることができる。かつても、そうした三輪山の見られる場所が、何か所もあったのだろう。

「綜麻形」とは、紡錘形に見える三輪山を言うとする説が有力で、この歌はそれを序詞として利用している。三句目までが序詞で、「狭野榛」のハリで針を連想させて、「衣に著く」を導き出す。さらに「衣に著くなす」と、比喩的に「目につく」を導き出しているので、この歌は二重の序詞によって構成されていることになる。

『古事記』には、次のような三輪山に関する伝承がある。活玉依毘売《いくたまよりびめ》という美女のもとに、麗しい男が通って来て、そのうち娘は妊娠する。親は男が通っていたことを知らなかったので、訳を聞くと、だいぶ前から通って来る男がいるが、娘はその男の素性を知らないと言う。そこで親は、男が通って来たら、衣の裾に針で糸を通しておくようにと教える。翌朝、その糸をたどって行くと、糸が三輪山の神の社の前で終わっていたので、男がその神の子の意富多多泥子《おおたたねこ》であることがわかったと言う。紡錘形は、その糸を巻いた苧環《*おだまき》の形である。

08に続く歌で、作者は井戸王*。「目につく我が背」は、あなたが一番すてき、という意で、男を褒める歌である。右の歌はこうした伝承に基づき、三輪山の神の子を称えた歌であったと考えられる。

＊苧環―紡いだ糸を中が空洞になるように巻きつけたもの。

＊井戸王―伝未詳。女性であろう。

天皇の蒲生野《かまふの》に遊獦《みかり》したまひし時、額《ぬか》田王《たのおほきみ》の作れる歌

10 茜草《あかね》指《さ》す　紫野《むらさきの》行《ゆ》き　標野《しめの》行《ゆ》き
野守《のもり》は見《み》ずや　君《きみ》が袖《そで》振《ふ》る

【出典】巻一・二〇

「(天智) 天皇が蒲生野で薬猟をされた時に、額田王が作った歌」

茜色のさす紫、その紫草の咲く野を行き、狩のために立入禁止にした野を行き……野の番人が見ているではありませんか、あなたが私の気を引こうと袖を振っているのを。

天智天皇が近江大津*に都を置いた時代の歌。天智八年(六六八)五月五日、都から三〜四十キロ東の蒲生野*に、天皇をはじめとする宮廷の人々が、こぞって猟に出掛けた。薬猟と呼ばれる行楽行事である。額田王もその一行の中

*近江大津宮—08参照。
*蒲生野—滋賀県東近江市から蒲生郡日野町の一帯。

にあったが、それに参加する人々は、華やかに着飾るのが慣例であった。男たちは鹿を追ったが、「茜草」や「紫」は、その時、女たちによって採集された薬草である。

古代紫は、やや赤みがかった色で、茜色に近い。「紫野」は、薬草であり、染料でもあるムラサキの栽培されている野の意。その日は貴人たちが散策するので、「標*」を張って立入禁止にしていたのだ。額田王も、ムラサキの咲く「標野」を散策していたのであろう。「行き」の反復は、その時の心躍る気分を表わしている。

袖を振るのは招魂の呪術であった。この場合は、額田の気を引こうとして、男が袖を振っているのだが、大胆にも、「野守」（警備の兵）の視線をまったく気にせず。人目をはばかる恋の歌のように見えるが、実は宴席における遊びの歌だったとするのが通説である。採集したアカネとムラサキ、標を結った野、警備の兵、そして貴人たちの華やかな衣装の袖。その日見られたものを各句に散りばめつつ、一首が構成されている。

このように、宴席に彩りを添える雅な恋歌が披露されたことによって、行楽の夜は一層華やいだものになったに違いあるまい。

＊標―標識となる縄など。

11

皇《ひつぎのみ》太子《こ》の答《こた》へませる御歌《みうた》

紫草《むらさき》の　にほへる妹《いも》を　憎《にく》くあらば

人妻《ひとづま》ゆゑに　吾《われ》恋《こ》ひめやも

【出典】巻一・二一

「皇太子がお答えになった御歌」
紫草で染めた鮮やかな色のように、艶やかなあなたが憎かったならば、あなたは人妻なのだから、どうして私が恋い慕うことなどあろうか。

10の歌に答えた皇太子の歌。皇太子とは一般に、大海人皇子《おおあまのみこ》とされる。後の天武天皇である。ムラサキによる染色は外来の技術であった。それで染められる紫の衣は高貴な身分の証で、聖徳太子の冠位十二階でも、紫の冠は最高位の者に与えられた。ニホフは、美しい色彩が照り映える様子。つまり、

「紫草のにほへる」とは、気品に満ちた美しさを言う。女性に対する最大限の賛辞だが、これは額田王をそう褒めているのだ。

この歌もあって、古来、額田王は絶世の美女だという評判である。新種のハナショウブにも「額田王」と名づけられたものがある。しかし、実は額田の容貌に関する記録はどこにもない。大海人が「紫草のにほへる妹」と言ったのは、「茜草さす　紫野行き」という歌に答えたからにほかならない。この時代の贈答歌は、先行歌の表現をそのまま引き取って返すのが普通である。大海人は歌の場の慣例として、「紫草」をうたったのだと考えた方がよい。もちろん、それが額田を褒めることにも繋がるからだ。

額田は大海人の最初の妃で、若き日に＊十市皇女《とおちのひめみこ》という子もなしている。ところが、ここに「人妻」とあるので、この時額田は大海人の兄である天智天皇の妃の一人となっていたのだと言われて来た。二人の貴公子に愛され、愛の葛藤に翻弄されたラブ・ロマンスのヒロインとしての額田王像が喧伝《けんでん》されて来たのだ。しかし、これも宴席歌であろう。額田の人目をはばかる恋の歌に対して大海人は、そんなことには頓着せずに恋い慕う、一途な男を演じて見せたのである。

＊十市皇女—12・36参照。

しかし、まったく別の理解も成り立つ。実は、「皇太子」という制度も称号も、この時代にはまだ成立していなかった。しかも、大津宮のこの時代、「皇太子」と見られていたのは必ずしも大海人ではなかった。天智天皇の皇子の一人で、太政大臣に任じられていた大友皇子《おおとものみこ》である。奈良時代の中ごろに成立した漢詩集『懐風藻』には、大友を「皇太子」とする記述も見える。天智が後継者にしたかったのは、弟の大海人ではなく、息子の大友だったことは確かである。だからこそ、皇位継承の争いである壬申《じんしん》の乱が起きたのだ。

壬申の乱の前後の事情については、15と16でも述べる。最期が近づいた天智が大海人に後を託したが、本心はそこにないと察していた大海人は、固辞して吉野*に逃れている。壬申の乱は、天智天皇の死後起きたのだが、大海人はたまたまそれに勝利した結果として、天武天皇となったのであって、この天智七年（六六八）五月の薬猟の段階では、大海人は決して「皇太子」ではなかったのだ。天武天皇の遺志を継いで完成し、壬申の乱を非常に重視して、それに一巻を割いている『日本書紀』でさえ、その時の大海人を「大皇弟」と称している。つまり、題詞の「皇太子」とは、後世から見て、今の「皇太

＊吉野―奈良県吉野郡吉野町宮滝で吉野離宮の跡が確認されている。飛鳥の東南の山中で、飛鳥からはほぼ一日の行程であったと考えられる。

子」に相当する人物は誰なのか、ということにほかならない。それは歴史的事実を伝えるものではなく、『万葉集』の編者の歴史認識を伝えたものだと考えた方がよい。

天智七年の時点で言えば、「皇太子」に相当するのは大友であった。つまり、『万葉集』の記述は壬申の乱に勝った側の言い分であって、まさに「勝てば官軍」的なものである。したがって、この「皇太子」は大友を指すと見ることもできる。実際、現代の歴史学においても、天智朝の「皇太子」は大友であったとする説が、十分な説得力を持っているのだ。その場合、大友は額田王の娘の十市皇女を妻としているので、額田は義理の母にあたる。それが宴席における座興であったことには違いがないが、大海人が「皇太子」であった場合と、宴席の雰囲気はだいぶ違ったものになったはずである。

現時点では、大海人か大友か断ずることはできない。いずれにせよ、初期万葉は歴史ではなく、歴史認識である(解説参照)。七世紀の事柄を八世紀の人が伝えているのだ。歌集を読むことは必ずしも歴史的事実を知ることではない、ということを心得ておくべきであろう。

十市皇女《とをちのひめみこ》の伊勢の神宮《かむみや》に参赴《まゐ》でます時に、波多《はた》の横山の巌《いはほ》を見て吹芡刀自《ふふきのとじ》の作れる歌

12
河《かは》の上《へ》の　ゆつ磐群《いはむら》に　草生《くさむ》さず
常《つね》にもがもな　常処女《とこをとめ》にて

【出典】巻一・二二

「十市皇女が伊勢の神宮に参向された時に、波多の横山の岩場を見て吹芡刀自が作った歌」

川のほとりの神聖な岩群には草が生えない。そのように永遠であってほしい。永遠の処女として。

十市皇女は額田王の娘。具体的な事情は不明だが、天武四年（六七五）二月に*伊勢神宮に参向した時、*吹芡刀自という女性の作った歌である。刀自とは、通常年配の女性を指す。中宮彰子に仕えた紫式部のような女性を想像すればいいのかも知れない。

*伊勢神宮―三重県伊勢市に鎮座。皇祖神天照大神（あまてらすおおみかみ）を祀る。古代における伊勢神宮

道中の波多*の横山には、川のほとりに岩場があった。『古事記』には、永遠の命のシンボルとされる石長比売《いわながひめ》という女性も登場するが、岩は永遠性を持つ。吹芡刀自は、その岩々を聖なる磐と見なし、それにあやかって、お仕えする十市皇女の永遠性を願ったのである。

　ところが、その三年後、伊勢の斎宮*《さいぐう》への行幸が行なわれようとした時、十市は突然宮中で病死している。おそらく、まだ三十代だったと思われる。行幸も取りやめとなり、神祇も祀らなかったとされるが、何か曰くありげな死であるように見える。

　実は、十市は大友皇子*に嫁ぎ、葛野王《かどののおおきみ》という子を産んでいるが、大友は天武元年（六七二）に勃発した壬申の乱*で敗死している。その大友を倒したのは、ほかでもない、十市の父天武天皇*であった。悲劇の皇女と言うしかないが、吹芡刀自が十市の永遠性を願ったのは、そうした十市の境遇と決して無縁ではあるまい。

　因みに、『万葉集』には十市皇女に対する哀切な挽歌がある。36の高市皇子の作だが、高市は壬申の乱の時、天武方で活躍した人である。その死にはやはり、複雑な事情が隠されているに違いあるまい。

は、天皇だけのための神であった。

*吹芡刀自—伝未詳。

*波多の横山—伊勢国一志郡の地名であろうが、具体的な場所は不明。

*斎宮—伊勢神宮に奉仕した未婚の皇女。ここはその居所を言う。現在の三重県多気郡明和町にその遺跡がある。

*大友皇子—天智天皇の皇子で、天智の後継者と見なされていた。系図参照。

*壬申の乱—天智天皇の死後勃発した皇位継承の争いである。15・16参照。

*天武天皇—天智天皇の弟。

麻続王《をみのおほきみ》の伊勢国の伊良虞《いらご》の嶋に流されたる時に、人の哀傷《かなし》びて作れる歌

13
打《う》ち麻《そ》を　麻続王《をみのおほきみ》
海人《あま》なれや
伊良虞《いらご》の嶋《しま》の　玉藻刈《たまもか》ります

【出典】巻一・二三

「麻続王が伊勢国の伊良虞の島に流された時に、ある人が同情して作った歌」
打って麻を紡ぐという名の麻続王よ。あなたは海人なのですか。そうではないのに、伊良虞の島の玉藻を刈っていらっしゃる。

『日本書紀』によれば、麻続王は天武四年（六七五）、因幡国《いなば》*に流されたのだと言う。また『常陸国風土記』には、「板来《いたこ》*」に流されたとする伝えがある。しかし、『万葉集』は「伊勢国の伊良虞の嶋*」に流されたのだとする。イナバ・イタコ・イラゴと、似たような三音の地名が、麻続王の流謫《るたく》に関わる伝

*因幡国―現在の鳥取県東部の旧国名。
*板来―茨城県潮来市。
*伊勢国―現在の三重県東部の旧国名。

承の舞台なのだ。なぜ流罪になったのかは不明だが、それは悲劇の皇子の話として、さまざまに語り伝えられたものだったのであろう。

しかし、『万葉集』のこの歌は決して、伝承として収録されているのではない。名は不明だが、伊勢に流された麻続王が、痛ましくも「海人」に身をやつし、漁労生活をしている姿を実際に見た某氏が、「哀傷」して作った歌だとされている。

古代の皇族の通例からすれば、麻続王とは麻続（績）氏に養育されたことに基づく呼称である。伊勢神宮の神衣祭《かんみそまつり》に衣を奉納した伝統ある氏族である。「打ち麻を」は打って柔らかくした麻の意で、その麻を紡ぐことから「麻続（績）」に懸かるとされるが、麻続氏に養育された麻続王にとって、それは幼少時、身近で行なわれていた作業であった。にもかかわらず、その麻続王が「島」で「玉藻」を刈っているからこそ、「海人なれや」という、いぶかしさの表明になるのだ。

とは言え、「伊良虞」は島ではない。伊勢の対岸だが、かつては尾張国に属した知多半島の地名である。某氏の創作であるかのように扱われているが、これはやはり麻続王伝承の一つだったと見なければなるまい。

麻続王のこれを聞きて感傷《かなし》び和《こた》ふる歌

14
空蟬《うつせみ》の　命《いのち》を《を》惜しみ
波《なみ》に濡《ぬ》れ
伊良虞《いらご》の嶋《しま》の　玉藻《たまも》刈《か》り食《を》す

【出典】巻一・二四

「麻続王がこれを聞いて、心を痛めて唱和した歌」
この世にある命を惜しみ、波に濡れて、伊良虞の島の玉藻を刈って召し上がっている。

13の歌に和した麻続王の歌。「海人なれや」という某氏の問いに答える形の一首である。題詞に「麻続王」とされているが、「王」とは敬称であって、自ら名乗るものではない。しかも、「刈り食す」は自敬表現である。つまり、麻続王ならぬ誰かが、これを聞いて心を痛めて作った歌だと伝えているのであり、自敬表現は語り手が麻続王に敬意を表しているということになる。13は麻続王伝承であると述べたが、この歌も当然、その伝承の一部だと見なければならない。

ウツセミは、この世の人の意。ところが、この歌はそれを「空蟬」と表記している。蟬の抜け殻のことだが、世を忍ぶ仮の姿の喩で、人の世の無常*を表わしている。『万葉集』では、天平期に活躍した大伴家持《おおとものやかもち》に無常をテーマとした歌が見られるが、この表記は時代的にやや早過ぎる。麻続王が流されたのは天武四年（六七五）のことだったが、こうした表記によって、麻続王伝承が文字で記録されたのは、もう少し後のことだったのではないかと思われる。

13の「打ち麻を」を「うつせみの」と、同じウの音で受け、三句目からの「伊良虞の島の玉藻」も、まったく同じフレーズである。これは初期万葉の「和ふる歌」の基本的な形である。したがって、麻続王が流されてからほどなく、こうした二首の歌によって、その伝承が語り始められ、やがてさまざまな形で流布して行ったのであろう。

*無常—仏教用語。人生のはかなさを言う。

天皇の御製歌《おほみうた》

15
み吉野《よしの》の　耳我《みみが》の嶺《みね》に
時無《ときな》くそ　雪《ゆき》は降《ふ》りける
間無《まな》くそ　雨《あめ》は降《ふ》りける
その雪《ゆき》の　時無《ときな》きがごと
その雨《あめ》の　間無《まな》きがごと
隈《くま》も落《お》ちず　念《おも》ひつつぞ来《こ》し
その山道《やまみち》を

【出典】巻一・二五

「(天武) 天皇のお作りになった御歌」

み吉野の耳我の嶺に、時を定めず雪は降っていた。絶え間なく雨は降っていた。その雪が時を定めないように、その雨が絶え間ないように、曲がり角の多い道中ずっと、物思いにふけりながらやって来たことだ、その山道を。

天智十年（六七一）九月、天智天皇は病の床についた。十月には病が重くなり、最期が近づいたことを悟った天智は、弟の大海人皇子《おおあまのみこ》を病の床に呼んだ。そして、後のことはおまえに任せる、と告げる。しかし、大海人は兄の本心を察していた。息子の大友皇子に跡を継がせたいのだということを。

大化改新以来、幾度も政敵を倒して来た天智である。大海人は兄の申し出を固辞し、後事は皇后と大友に託すべきで、自分は出家して、天皇のために仏道修行に励むつもりであると告げる。そして、直ちに剃髪して、僧の姿になった。

その二日後には、天皇に挨拶に行き、*近江大津宮から吉野へと向かっている。それは、旧暦十月十九日のこと。現代の暦で言うと、十一月の末頃である。その道中、雪交じりの雨が降っていたことをうたっているが、まさにそうした季節のことであった。

*近江大津宮―08参照。

天智はその年の十二月に没したが、翌年になると、大津宮では天皇の御陵を造営すると言いつつ、人夫たちに武器を持たせているとの報告が入った。また、あちらこちらに斥候を置き、*菟道橋も塞いでいると言う。座して死ぬわけには行かない。六月、大海人は吉野を出て、東国に向かった。壬申の乱の始まりである。

各地で激しい戦闘がくり広げられ、乱は一月ほど続いた。やがて大津宮も戦場となり、大友は敗走して、自ら命を絶つ。戦いは大海人側の勝利に終わった。九月に飛鳥に凱旋し、翌天武二年（六七三）二月、大海人は*飛鳥浄御原宮で即位し、天武天皇となった。

*『日本書紀』は三十巻のうち、天武の時代に二巻を割くが、その上巻は壬申の乱の記録だけで構成されている。つまり、奈良時代の人々にとって、壬申の乱はそれほど重要な歴史的事件だったということである。壬申の乱の功臣の子孫であるという理由で優遇された人も多い。平安時代以後も、壬申の乱に関する伝承は数多く見られるが、それはさまざまな形で語り伝えられている。右の長歌も、そうした壬申の乱に関する伝承の一つであったと考えられる。

＊菟道橋―京都府宇治市の宇治川に架かる橋。交通の要衝で、戦略的にもここを抑えることが重要だった。

＊飛鳥浄御原宮―奈良県高市郡明日香村岡の飛鳥京跡でその遺構が確認されている。

＊『日本書紀』―舎人親王らの撰。編年体の正史で、養老四年（七二〇）の成立。三十巻。系図一巻（現存しない）。

長歌はまず、「み吉野の　耳我の嶺に」と、地名の提示から始められる。続いて、「雪は降りける」と「雨は降りける」という景物が描かれ、「その雪の　時無きがごと　その雨の　間無きがごと」と、その景物を喩として、「隈も落ちず　念ひつつぞ来し　その山道を」という句を導き出す。最後の三句が本旨で、物思いにふけりつつの道中だったことが示されている。これは、大津宮から*吉野に逃れる時のことを語ったもので、〈苦難の吉野入り〉とでも言うべき天武伝承の一コマであったと考えられよう。

長歌は、〈地名の提示〉から〈叙景〉へ、そして〈叙景〉を尻取り式に〈本旨〉へと転換した形だが、こうした長歌の様式は、古代歌謡に普遍的に見られるものであることが指摘されている。地名を入れ替え、景物を取り換えれば、簡単に別の歌ができるのだ。『万葉集』はこの歌を天武の御製と伝えているが、題詞を度外視して、歌だけを見れば、悪天候の山道を一途に思いながら女のもとに通う男の歌だと見ることもできる。したがって、この歌は本来、民衆の中に伝わった恋の歌であって、それが天武伝承の中に取り込まれたのだとする説もある。

*吉野―11参照。

天皇の吉野宮《よしののみや》に幸《いでま》せる時の御製歌《おほみうた》

16 淑《よ》き人《ひと》の　良《よ》しと吉《よ》く見《み》て　好《よ》しと言《い》ひし　芳野《よしの》吉《よ》く見《み》よ　良《よ》き人《ひと》よく見《み》

【出典】巻一・二七

「(天武)天皇が吉野宮に行幸された時に、お作りになった御歌」
昔のよき人が、よいとよく見て「よし」と言った、その吉野をよく見るがいい。今のよき人よ、よく見るがいい。

天武天皇は壬申の乱を制して、武力で王権を勝ち取った。皇位継承の争いが大規模な内乱となったのだが、その反省もあって、自分の死後、皇位継承の争いが起きないようにと、自ら後継者を決めておこうとした。天武八年

（六七九）五月、天武は皇后鸕野讃良《うののさらら》とともに、草壁皇子以下、異腹の皇子をも含む六人の皇子たちを連れて、*吉野に行幸した。吉野は自らが雌伏し、やがて*壬申の乱の旗揚げをした土地である。そこで、後継者を草壁とすることを宣言し、他の皇子たちに天皇の勅に従い、草壁を支えることを誓わせたのだ。一般に吉野の盟約と言われるが、右はその時の歌だとされている。

「よし」という語を八回繰り返し、しかも、それぞれの句頭をヨの音で揃えている。この軽快なリズム感は、六人の皇子たちとの盟約を終えた後の、天皇の晴れ晴れした気分を反映しているかのように見える。また、*原文は「淑」「良」「吉」「好」「芳」という字を使い分けて、変化を持たせてもいる。吉野の地を祝福し、そこに集う人々をも「良き人」と祝福する歌だが、声に出してうたいたくなるような一首である。

奈良時代の末頃に成立した『*歌経標式』という歌論書には、この歌とほぼ同じ歌が載せられている。こうしたレトリックを「*聚蝶《しゅうちょう》」と名付け、「雅体」すなわち雅なスタイルの一つだとしている。天武天皇の事績はさまざまな形で語り伝えられたが、これも天武の実作ではなく、おそらく伝承の中でうたわれたものであろう。

*吉野―11参照。

*壬申の乱―天智十年（六七一）に天智天皇は没したが、その翌年、天智の皇子大友と、天智の弟大海人が戦った。

*原文―『万葉集』はまだ仮名の成立しない時代のものなので、すべて漢字で書かれている。この歌は、「淑人乃　良跡吉見而　好常言師　芳野吉見与　良人四来三」と表記されている。

*『歌経標式』―宝亀三年（七七二）、藤原浜成撰。

*聚蝶―句頭ごとに同じ言葉を用いる。

磐姫皇后《いはのひめわうごう》の天皇を思ひて作りませる歌四首

17 君《きみ》が行《ゆ》き　日長《けなが》くなりぬ
山尋《やまたづ》ね　迎《むか》へか行《ゆ》かむ
待《ま》ちにか待《ま》たむ

【出典】巻二・八五

「磐姫皇后が天皇を思いやってお作りになった歌四首」
あなたの旅は日数が多くなった。あなたを追って、山道を訪ねて行きましょう。いや、待ち続けていましょう。

磐姫皇后とは仁徳天皇*の后。仁徳は、大阪府堺市にある、あの巨大な前方後円墳の被葬者と言われる天皇である。その皇后の磐姫は、なかなか個性の強い人だったことで知られる。記紀*は、天皇が別の女性を宮中に入れると、地団太を踏んで悔しがったと伝えている。嫉妬の代名詞のような女性である

*仁徳天皇―五世紀前半の天皇、難波に都を置いた。

*記紀―01参照。

と言ってもよい。

「君が行き」は、あなたのご旅行の意。どういう事情かは不明だが、ある時天皇は旅に出て、しばらく戻らなかった。遺された磐姫は、夫の帰りを待ちわびて、居も立ってもいられない。それならいっそのこと、夫の跡を追って迎えに行こうと思うのだが、決心がつかない。そうやって煩悶《はんもん》している状態をうたったのが、この一首である。

三行に分けて表示したが、一行ずつ間を置いて読むと、その心情の揺れがよく理解できる。「君が行き　日長くなりぬ」と、旅先の夫を思って恋い焦がれ、「山尋ね　迎へか行かむ」と一旦は行動を起こそうと思ったものの、その困難さを想像して逡巡し、「待ちにか待たむ」とため息をつく。次の行に移る間の空白の中にも、たくさんの思いが込められているのだ。揺れる心が凝縮されたような一首である。

この歌に始まる磐姫の四首（17〜20）は、見事なまでに起承転結的な構成を持つ。そこから浮かび上がるのは、一途に恋する可憐な女性であって、記紀の磐姫像とは必ずしも一致しない。個性の強い女性だけに、さまざまな伝承が生まれたのであろう。

18 かくばかり　恋《こ》ひつつあらずは
高山《たかやま》の　磐根《いはね》しまきて
死《し》なましものを

これほどまでに恋い焦がれていないで、いっそ高い山の岩を枕にして、死んでしまいたいものです。

【出典】巻二・八六

磐姫皇后歌群の二首目の歌である。ここでの磐姫は、かなり感情が高ぶっている。第一首の〈煩悶〉から〈激昂〉へと変化しているのだが、自暴自棄になっているようにすら見える。

しかし、〈死ぬ〉という語は『万葉集』の恋歌の常套語であって、本当に死ぬわけではあるまい。現代でも「暑くて死にそうだ」「腹が減って死にそうだ」などと、〈死ぬ〉という語は日常的に使われるが、それは決して、事実を伝える言葉ではない。心情を伝えるために使用されたものであって、一種の誇張表現であると考えた方がよい。もちろん、恋歌に見られる〈死ぬ〉という表現も、事実を伝えるものではなく、やや大げさに心情を伝えるものにほかならない。

「恋ひつつあらずは」とは、決然と態度を変えたことを意味する。もちろん、「死なましものを」という仮想表現に対応する。また「磐根しまきて」は、異郷における死のイメージであって、二首目になって、磐姫歌群は俄然、悲劇性を帯びて来る。それにしても、磐姫はなぜ静かに待っていられないのか。さらには、異郷の死まで想定しなければならないのは、なぜなのか。

第一首目でも述べたが、この磐姫像は、記紀とは大きく異なっている。ここには、通常の生き方では恋を成就することのできない磐姫の姿がある。伝承とは一般に、自在に変化し、流動性に富んだものである。磐姫もさまざまに語り伝えられる中で、このような悲劇のヒロインとなって行ったのであろう。

19 ありつつも　君《きみ》をば待《ま》たむ
うちなびく　我《わ》が黒髪《くろかみ》に
霜《しも》の置《お》くまでに

【出典】巻二・八七

このままの状態であなたのことを待ちましょう。豊かになびく私の黒髪に、霜が置くほどになるまでに。

三首目は、〈激昂〉した二首目から一転し、「ありつつも　君をば待たむ」と落ち着きを取り戻している。「高山の磐根」を枕にして死ぬのは、やはり穏やかではない。〈反省〉し、このまま静かに待とうと言うのだが、いったい、いつまで待つのかと言えば、「うちなびく　我が黒髪に　霜の置くまでに」であると言う。

この「霜」については、二通りの説がある。それは文字通りの霜であって、男を待ち続けて夜が更け、髪に霜が降りるまで外で立ち尽すことだ、とする説が一つ。もう一つの説は、髪に霜が降りるというのは比喩であって、白髪になるまで待つのだ、とする説である。

どちらにしても情熱的だが、第一首に「君が行き　日長くなりぬ」とあるのだから、夜更けまで待つことだとは考えにくい。いつまででも待ちましょう、たとえ私の黒髪に白髪が混ざっても、という意味だと考えた方がよい。もちろん、それは心情表現であり、それほどの気持ちだ、ということにほかならない。

それにしても、第二首で〈激昂〉し、「死なましものを」とまでうたったのに、今度は白髪が生えるまで待つのだと言う。この振幅の大きさは、尋常ではない。とうてい一人の人間の感情であるとは思えない。

磐姫は五世紀の人物だが、万葉の時代にはすでに伝承上の人物になっていた。すでに述べたように、磐姫は個性の強い人物として知られていたのだが、この振幅の大きさも、ここに描かれた磐姫が、そうした伝承上の人物であったことを物語っていよう。

20

秋《あき》の田《た》の　穂《ほ》の上《うへ》に霧《き》らふ　朝霞《あさがすみ》
いつへの方《かた》に　我《わ》が恋《こひ》やまむ

秋の田の稲穂の上に立ちこめている朝霧は、やがて晴れるが、いったいどの方向に、私の恋は収まるのでしょうか。

【出典】巻二・八八

〈反省〉の歌に続く四首目は、深いため息のような一首である。『万葉集』では、嘆きが霧になるとうたう例もある。春は霞、秋は霧というのが『万葉集』の通例なので、この「霧らふ朝霞」は矛盾しているが、それは霧だと考えてよい。すなわち、磐姫の嘆きは「秋の田の　穂の上に霧らふ」ほどのものであった、ということになる。

〈激昂〉から〈反省〉への落差が大きかったように、この嘆きも想像を絶するほどに深い。しかも、どの方向に収束するのかわからない。嘆きのままに、四首の連作は終わっているが、〈煩悶〉〈激昂〉〈反省〉〈嘆息〉という四首は、見事な起承転結的構成である。

磐姫は仁徳天皇の皇后だが、仁徳の宮は難波高津宮と呼ばれた。高津とは国家の港の意で、それは海に近い宮殿であった。かつての大阪には、南北に長い半島が存在したが、その半島上に難波宮が営まれていたことが、考古学的にも確認されている。半島の名残は現在も上町台地という形で残っているが、その台地上の中央区法円坂には史跡・難波宮跡が保存され、一帯からは五世紀の倉庫群の跡も検出されている。

ところが、この歌に詠まれているのは、難波の景観とは、およそ異質な田園風景である。それはいったい、どうしてなのか。おそらくその理由も、この歌が伝承歌だというところにあろう。主人公は五世紀の人物だが、こうした起承転結的な構成がなされたのは『万葉集』が編纂された奈良時代*。それは、江戸時代の風俗とメンタリティで鎌倉時代の物語が展開される歌舞伎の『仮名手本忠臣蔵』と同じである。すなわち、奈良盆地の風景の中で、古き世の皇后の悲恋がうたわれたものなのである。

＊奈良時代―和銅三年（七一〇）から延暦三年（七八四）まで。奈良盆地の中に平城京という都が営まれた。

21 鏡王女《かがみのおほきみ》の和《こた》へ奉《たてまつ》れる御歌《みうた》一首

秋山《あきやま》の　木《こ》の下隠《したかく》り
行《ゆ》く水《みづ》の　吾《われ》こそまさめ
思《おも》ほすよりは

【出典】巻二・九二

「鏡王女が唱和申し上げた御歌一首」
秋山の木の下をひそかに流れて行く水の豊かなように、表には見えなくても、私の思いは勝っています。あなたがお思い下さるよりは。

鏡王女は、かつて額田王と姉妹であると言われたが、今日それを積極的に支持する研究者はいない。『日本書紀』に、天武十二年（六八三）に薨じたことの見える「鏡姫王」と、同一人であろうとされる。また*『興福寺縁起』には、*藤原鎌足の正妻で、鎌足の死後、興福寺の前身である山階寺を建立した

*『興福寺縁起』―藤原氏の氏寺興福寺の縁起。
*藤原鎌足―中大兄（後の天

ことが伝えられる。『万葉集』に短歌が四首見える。

題詞に「鏡王女の和へ奉れる御歌」とされているが、これは「天皇、鏡王女に賜ふ御歌一首」に答えたもの。その「天皇」とは、天智天皇で、

妹《いも》が家《いへ》も　継《つ》ぎて見《み》ましを
大和《やまと》なる　大島《おほしま》の嶺《ね》に　家《いへ》もあらましを
（巻二・九一）

という歌。「大島の嶺」はどこを指すか不明だが、いつもあなたの家を見ていたいというこの歌に対して、21は、表には出しませんが、私の方がはるかに深く思っております、と答えた歌である。

　初期万葉の男女の贈答は、男の歌に対して女が答えるのが通例。しかも女歌は、たとえば28のように、男の歌に対して痛烈なしっぺ返しをすることもある。この歌は、それほど痛烈なものではないが、好意を寄せていることをうたう男の歌に対して、私の方が思いは深いと、負けていないところを見せている。そうした点で、初期万葉の贈答歌らしい一首であると言える。

　「秋山の　木の下隠り　行く水の」は比喩的な序詞。ひそかに思いを寄せていることの喩として選ばれた「行く水」は、清冽なイメージで女の真心を伝え、巧みである。


智天皇）とともに蘇我氏を倒し、大化改新を断行。天智の信任篤く、没する前日に藤原の姓を賜る。23参照。

内大臣藤原卿《うちつおほおみふぢはらのまへつきみ》の鏡王女《かがみのおほきみ》を娉《よば》ひし時に、鏡王女の内大臣に贈れる歌一首

22 玉匣《たまくしげ》　覆《おほ》ふをやすみ
明《あ》けていなば　君《きみ》が名《な》はあれど
吾《わ》が名《な》し惜《を》しも

【出典】巻二・九三

「内大臣藤原卿（鎌足）が鏡王女に妻問いをした時に、鏡王女が内大臣に贈った歌一首」
美しい櫛箱の蓋が中身を覆うように、二人の関係がまだ世間に知られていないのをいいことに、すっかり夜が明けてから帰ったら、あなたの名はともかく、私の浮名が立つことが口惜しいことです。

これも鏡王女の歌。21でも述べたように、鏡王女は鎌足[*]の正妻。その鎌足が鏡王女に妻問いした時の歌であるとされる。内大臣は天皇の側近として治

＊鎌足―藤原鎌足。23参照。

世を補佐するポスト。まさに政界の実力者である。「王女」とは敬称であり、自ら名乗るものではない。したがって、題詞は『万葉集』の編者がそう読ませようとしているものにほかならない。しかし、「藤原卿」に贈ったのではなく、「内大臣*」に贈ったとされているのは、この歌にとっては「内大臣」の権威こそが重要だということであろう。

「玉匣　覆ふを安み」は、「明けて」を導く序詞。美しい櫛箱を序詞にしたのは、それが鎌足から王女への贈り物だったからではないか。唐突にそれが詠まれたのではなく、何らかの必然性があったに違いない。あるいは、プレゼントされた櫛を「玉匣」に大切に仕舞っていたのか。「明けて」は、夜が明けての意。鎌足は政界の実力者なので、夜が明けてから堂々と帰ったところで、誰も表立ってとやかく言うことはないでしょうが、私はそうではない。浮名が立つのは困ります、と言うのだ。

初期万葉の女歌は、男を遣り込めるようとする傾向があるが、この歌もその一つ。また、恋歌は嘆きとしてうたうのが基本で、障碍《しょうがい》となる「人目」「人言*」が詠まれることも多い。それによって恋が破綻するからではなく、名を惜しんでいる点は、いかにも初期万葉の女歌らしいところである。

*内大臣―天皇に直結して諮問に答え、意見を具申する特別なポスト。

*人言―人の噂である。

内大臣藤原卿の采女《うねめ》安見児《やすみこ》を娶《めと》りし時
に作れる歌一首

23 吾《われ》はもや　安見児《やすみこ》得《え》たり
皆人《みなひと》の　得《え》かてにすとふ
安見児《やすみこ》得《え》たり

【出典】巻二・九五

「内大臣の藤原卿（鎌足）が采女の安見児を娶った時に作った歌一首」
私はなんとまあ、安見児を得たことだ。誰もが皆、手に入れることができないと言う、あの安見児を得たことだ。

采女は宮中の女官で、「安見児」とはその名。奈良時代のものだが、後宮*職員令《しきいんりょう》には、国々の郡の役人の子女で「形容端正」な者を採用せよ、という規程がある。もちろん、この時代の采女も、皆容姿端麗だったと考えてよ

＊後宮職員令―後宮の妃等の号名・定員・品位、官人の職名・定員・職掌などに関する規程。

い。男たちの憧れの対象だったが、采女との恋愛は固く禁じられていた。

藤原卿は、中臣鎌足。大化元年（六四五）、中大兄皇子とともに蘇我氏を滅ぼし、改新政治を行なった立役者である。中大兄の信頼はすこぶる篤く、鎌足が没した時の中大兄の嘆きと悲しみは尋常でなかった。その中大兄が天智天皇となった時代のこととして、この歌は伝えられる。

鎌足に采女を与えたのは、もちろん長年にわたる篤い信頼の証しだが、それに対して鎌足は「安見児得たり」と繰り返し、無邪気なほどストレートに喜びを表している。美女を得たこと以上に、天智の篤い信頼が、鎌足を満足させたのであろう。

『大鏡』*に鎌足に関わる話が伝えられている。その息子不比等*の出生の秘密に関わるもので、不比等は、実は皇胤《こういん》だったとする話である。天智は、すでに懐妊していた女御を鎌足に与え、男の子が生まれたら鎌足の子とせよと告げたが、やがて男の子が生まれた。それが不比等であると言うのだ。安見児が懐妊していたかどうかは、不明である。しかし、鎌足もさまざまな伝説に彩られている。この歌も、そうした鎌足伝説の一つと見るべきものであろう。

*『大鏡』―平安時代の歴史物語。紀伝体で語られる。

*不比等―鎌足の次子で、奈良時代初期の右大臣。藤原氏四家の祖。六五九～七二〇。

久米禅師《くめのぜんじ》の石川郎女《いしかはのいらつめ》を娉《よば》ひし時の歌

五首

24

み薦《こも》刈《か》る　信濃《しなの》の真弓《まゆみ》　我《わ》が引《ひ》かば

貴人《うまひと》さびて　いなと言《い》はむかも　禅師

【出典】巻二・九六

「久米禅師が石川郎女に妻問いした時の歌五首」

み薦を刈るという信濃の国の立派な弓を私が引いたならば、あなたは貴人ぶって、いやと言うだろうか。

禅師の作

近江大津宮*の時代の歌。久米禅師は、伝未詳。禅師は、智徳の高い禅僧を言う。在俗の時の作かとする説もあるが、題詞に忠実に読んだ方がよい。つまり、禅師が女性に求婚しているところにこそ、この歌のおもしろ味があろ

*近江大津宮—07・08参照。

う。こうしたプライベートな歌が公に伝わっているのは、それが公開された歌だったからに違いない。大津宮の時代にはしばしば雅宴が催されたが、この「五首*」も、宴席における遊びの歌であったと考えられる。

石川郎女も、伝未詳。石川氏は大豪族で、大伴安麻呂*の妻となって坂上郎女*を産んだ石川郎女もいるが、郎女とは女性の敬称なので、石川氏で郎女と呼ばれた女性は何人もいた可能性が高い。したがって、安麻呂の妻と同一人物だったかどうかは不明だが、確かに「貴人」である。高僧と対等に歌の遣り取りをしている点からすれば、教養の高い女性だったのであろう。

「み薦刈る」は、「信濃」の枕詞。当時信濃は、弓の生産地として知られていた。「真」は美称。優れた弓を言う。以上の二句を序詞として、「引かば」を導き出している。気を引くことだが、「ば」と仮定した上で、「いなと言はむかも」というのは、ずいぶんと及び腰である。すなわち、及び腰の求婚の歌だったからこそ、笑いを誘ったのであろう。しかも、この歌を贈られた石川郎女に、たしなめられるような歌を返され、禅師ほどの人物が一本取られている。禅師は苦笑したことだろうが、宴席の場は和やかな笑いに包まれたに違いあるまい。

*五首—ここでは、禅師・郎女・郎女・禅師・禅師という順で、恋の歌の応酬がなされている。

*大伴安麻呂—壬申の乱の際、天武方で活躍。佐保大納言と呼ばれる。26参照。

*坂上郎女—『万葉集』に八四首の歌が見られる。大伴家持の叔母。

25 梓弓《あづさゆみ》　引《ひ》かばまにまに　寄《よ》らめども
後《のち》の心《こころ》を　知《し》りかてぬかも　郎女

【出典】巻二・九八

梓弓を引くように、あなたが気を引いたなら、きっとお心のままに従うでしょうが、ずっと後まで愛情を注いでくれるかどうか知り得ないことです。　郎女の作

石川郎女の歌である。郎女は24の歌に対して、

み薦刈《こもか》る　信濃《しなの》の真弓《まゆみ》　引《ひ》かずして
弦着《をは》くるわざを　知《し》ると言《い》はなくに
（巻二・九七）

という歌を返している。実際に弓を引きもしないで、弓弦のかけ方なんぞ、わかるはずはありません、という歌。すなわち、誘いもしないで、どういう結果が出るかなんて、わかるはずがないでしょ、と斬り返したのである。こ

の歌は、それに続く一首である。

奈良東大寺の正倉院*に所蔵される御物の中にも、美しい梓弓が伝えられているが、「梓」は良質な弓の材。ここは、さらに歌を続けるために、「信濃の真弓」を「梓弓」と言い換えたのだ。初句から三句までで、及び腰の禅師に対して、私はあなたのお心のままになるつもりですが、と明言しているが、その一方で、四・五句目では、ずっと心変わりしないかどうか、「後の心」がわかりませんと、将来を心配している。すなわち、遠まわしに永遠の愛を求めているのだ。

そう言われてしまえば、男は「大丈夫」と答えるしかあるまい。実際、これにはそういう趣旨の禅師の歌が続いているのだが、主導権は完全に石川郎女の方にある。高僧も形無しであろう。

この贈答歌群にはさらに、禅師の歌が続く。すっかり郎女に心を奪われてしまった、とする歌である。「五首」の贈答歌は珍しい形だが、女歌が挑発的で、男を言い負かす点では、初期万葉の贈答歌の典型であると言ってよい。

*正倉院の御物―聖武天皇の遺品を中心とした宝物である。毎年秋、奈良国立博物館で公開される。

大伴宿禰《おほとものすくね》の巨勢郎女《こせのいらつめ》を娉《よば》ひし時の歌一首

26 玉葛《たまかづら》　実成《みな》らぬ木《き》には
ちはやぶる　神《かみ》そつくといふ
成《な》らぬ木《き》ごとに

【出典】巻二・一〇一

「大伴宿禰（安麻呂）が巨勢郎女に妻問いした時の歌一首」
美しい葛のように実のならない木には、恐ろしい神が憑くと言う、ならぬ木にはどれにも。

「大伴宿禰」は、安麻呂のこと。伝統ある武人の家、大伴氏の棟梁で、和銅七年（七一四）に、大納言大将軍正三位で没している。大津宮の時代*の歌だから、若き日の安麻呂の作ということになる。巨勢郎女は、大津宮の時代の

＊大津宮の時代―天智天皇六年（六六七）三月に遷都。天武元年（六七二）の壬申の乱で廃墟となる。08参照。

大納言巨勢臣比等《こせのおみひと》の娘。安麻呂の妻となった女性である。

「玉葛」は、蔓性植物の総称。「玉」は美称の接頭語で、「葛」をほめる。ここでは、実のならない蔓性植物と言うことで、ビナンカズラなどがその候補とされるが、不明。「ちはやぶる」は「千磐破」なども表記され、勢いの盛んなさま、凶暴な様子を表わす。「神」の枕詞ともなるが、ここはまさに、凶暴な、荒々しい、という意。「神そつく」は、そうした神が取り憑くこと。

お高くとまって男の求婚を断ってばかりいると、そのうちに恐ろしい神が取り憑いてしまうぞと、脅かしつつ、求婚に応じさせようと言うのだ。

巨勢郎女は、言うなれば、深窓の令嬢である。求婚者はいくらでもいたのであろう。ところが、なかなか結婚に応じなかった。そこで、こうした求婚の歌が生まれたのであろうが、脅かしつけつつ「うん」と言わせようとしている点は、武門の棟梁らしい武骨さと言うべきか。あるいは、この時代の女歌は男を遣り込めるような形が一般的なので、あえて挑発的な歌で誘ったと見るべきか。

いずれにせよ、この歌には巨勢郎女の歌の「報へ贈る歌」(27)があるが、やはり女歌は負けていない。

27

巨勢郎女《こせのいらつめ》の報《こた》へ贈《おく》れる歌一首

玉葛《たまかづら》　花《はな》のみ咲《さ》きて
成《な》らざるは　誰《た》が恋《こひ》ならめ
吾《わ》は恋《こ》ひ念《おも》ふを

【出典】巻二・一〇二

「巨勢郎女が答え贈った歌一首」
美しい葛のように、花のみ咲いて、実がならないのは、いったい誰の恋なのでしょうか。私は恋しく思っていますのに。

巨勢郎女は、大伴宿禰すなわち安麻呂と結婚し、万葉歌人として知られる旅人を産んでいるが、旅人は天智四年（六六五）の生まれであることが知られる。これは、大伴宿禰が巨勢郎女に妻問いした時の歌だとされる26に答えたもので、『万葉集』には近江大津宮*の時代の歌として収録されている。しか

*近江大津宮―08参照。

し、大津宮への遷都は天智六年のことで、天智の即位は、さらにその翌年である。事実に合わない。称制*の時代を含めて、大津宮の時代と称しているとも見られるが、むしろ、文雅の宴が盛んに行なわれた大津宮の時代の雰囲気の中で、この歌が生まれたと捉えた方がいいのではないか。

たとえば11では、大海人皇子が自分の妃の一人であった額田王に対して、「人妻」と呼びかけている。現在それは、宴席における座興であったとする捉え方が通説である。実際に求婚した時のプライベートな歌が記録されていると見るよりも、これも公開された歌だと見た方が適切であろう。

大伴宿禰と巨勢郎女は、すでに子もなしていた。旅人*である。しかし、宴席の場では未婚の若い男女になり切って、こうした贈答歌をなしたと見るのだ。11のように「雑歌」に収録されなかったのは、宮廷行事の場での歌ではなく、私的な宴席で作られた歌だったからではないか。大伴家の中の宴だったからこそ、家持*の手に入り、『万葉集』に収録されたのであろう。

脅しつけるような安麻呂の歌に対して、巨勢郎女は相手の不実を責めるような形で切り返している。ここに、正妻としてすでに一族の後継者となる男子を産んだ女性の揺るぎない自信を見ることは、決して不当ではあるまい。

*称制―皇太子のまま即位せずに政務を執ること。

*旅人―奈良時代を代表する万葉歌人の一人。神亀（七二四～七二八）年間から天平（七二九～七四九）の初年頃、その晩年の歌が『万葉集』に多く収められる。

*家持―旅人の子。奈良時代を代表する万葉歌人。『万葉集』の編纂者と目される。

天皇の藤原夫人《ふぢはらのぶにん》に賜《たま》へる歌一首

28 吾《わ》が里《さと》に　大雪降《おほゆきふ》れり
大原《おほはら》の　古《ふ》りにし里《さと》に
降《ふ》らまくは後《のち》

【出典】巻二・一〇三

「(天武)天皇が藤原夫人にお与えになった歌一首」
我が里に大雪が降った。おまえのいる大原の古びてしまった里に降るのは後のことだ。

藤原夫人とは、藤原鎌足*の娘の五百重娘《いおえのいらつめ》。飛鳥の大原に住んでいたので、大原の大刀自《おおとじ》とも呼ばれた。夫人とは、天皇の妃の身分を表わし、皇后・妃に続く地位。天武天皇の多くの妃の中の一人だが、最年少であったとも言われる。

*藤原鎌足—23参照。

天武の宮殿は飛鳥浄御原宮*と呼ばれるが、大原はまさにその目と鼻の先である。距離にして、数百メートルに過ぎない。どちらに先に雪が降ったかなどと、時間差があるほどの距離ではない。

地形の関係であろうが、奈良にはあまり多くの雪は降らない。平城京の時代の歌人大伴旅人*が、任地の大宰府*で、

沫雪《あわゆき》の　ほどろほどろに　降《ふ》り敷《し》けば
平城《なら》の京《みやこ》し　思《おも》ほゆるかも　（巻八・一六三九）

と、「ほどろほどろに」（まだらに）降る雪を見て、「平城の京」を懐かしんでいるが、かつて奈良に住んだことのある筆者にも、それが実感として理解できる。「大雪」とは言っても、せいぜい真っ白に雪化粧した程度であろう。たまたま雪が降ったので、消息を問う歌をなして、藤原夫人に贈ったのであろうが、雪化粧を「大雪」と言ったのは軽口的な諧謔《かいぎゃく》である。また、相手の住む里を「古りにし里」と貶めて、雪さえも、自分の住む所より後に降る田舎だと言う。冗談半分のからかいの歌だが、相手も負けてはいなかった。この歌にも、切り返す歌が続いている。

*飛鳥浄御原宮―15参照。
*大伴旅人―27参照。
*大宰府―現在の福岡県太宰府市に置かれた。九州及び壱岐・対馬を管轄。外交と防衛の拠点であった。

29 藤原夫人《ふぢはらのぶにん》の和《こた》へ奉《たてま》れる歌一首

吾《わ》が岡《をか》の　龗《おかみ》に言《い》ひて　降《ふ》らしめし　雪《ゆき》の摧《くだ》けし　そこに散《ち》りけむ

【出典】巻二・一〇四

「藤原夫人が答え奉った歌一首」
我が岡の龍神に命じて、降るようにさせた雪のかけらが、そこに散ったのでしょう。

28の天武天皇の歌に答えた歌である。初期万葉の贈答歌は、男の歌に対して女が答える形が基本だが、そこには相手の言葉尻を捉えた痛烈なしっぺ返しも見られる。この歌も、男のからかいに対して、負けずに切り返した女歌である。若いながらも、天皇に対して物怖じせずに切り返している点は、さすがに大立者鎌足の娘と言うべきか。

藤原夫人は大原の大刀自とも呼ばれたが、夫人の住む大原は*飛鳥浄御原宮の北東側の傾斜地で、わずかばかり標高が高い。現在の明日香村小原である。そこで「吾が岡」と言っているのであろう。「龗」は水を司る龍神のこと。天皇のところに降った雪は、その龍神に、私が指示して降らせたものだと言う。しかも、とうてい「大雪」なんぞではなく、私のところに降らせた雪のかけらが、そこに散っただけのことだ、とまで言い切っている。なかなか強烈な切り返しだが、このやり取りに天皇と夫人の篤い信頼感を見て取る注が多い。

藤原夫人の歌は、『万葉集』にもう一首見える。

ほととぎす　いたくな鳴《な》きそ
汝《な》が声《こゑ》を　五月《さつき》の玉《たま》に　あへ貫《ぬ》くまでに
（巻八・一四六五）

と、ホトトギスに呼びかけた歌である。ここでも、自分の意思に従うよう、自然物に求めている。何不自由なく育った娘の傲慢さと見るか、無邪気さと見るか。いずれにせよ、藤原夫人の強烈な切り返しには、天皇も苦笑するしかなかったに違いあるまい。

*飛鳥浄御原宮—28参照。

有間皇子《ありまのみこ》の自《みづか》ら傷《いた》みて松が枝《え》を結べる歌二首

30 磐白《いはしろ》の　浜松《はままつ》が枝《え》を　引《ひ》き結《むす》び
真幸《まさき》くあらば　また還《かへ》り見《み》む

「有間皇子が悲しんで松の枝を結んだ歌二首」
岩代の浜の松の枝を引き結んで、幸い無事であったならば、再びここに立ち戻ってそれを見よう。

【出典】巻二・一四一

*乙巳《いつし》の変の後に即位した孝徳*天皇は、都を*難波《なにわ》に遷したが、白雉《はくち》四年(六五三)、皇太子の中大兄は飛鳥に戻ることを天皇に申し入れている。しかし、天皇は許さなかった。ところが、皇太子は皇后をはじめ、公卿・百官を引き連れて、*飛鳥河辺行宮《かわべのかりみや》に遷ってしまう。失意の天皇は、翌五年十月、難波宮

*乙巳の変―中大兄皇子と中臣鎌足が蘇我氏を倒した政変を、乙巳の年（六四五）に起きたクーデターなので、一般にこう呼ばれている。

で崩ずる。有間皇子は、その孝徳の皇子であった。

　有間は先帝の皇子だから、当然、皇位継承の資格を持っていた。中大兄は、そうした有間を抹殺する機会をずっと窺っていたのであろう。そんな中、孝徳の後に即位した*斉明天皇は、*紀温湯《きのゆ》に行幸する。留守官は、*蘇我赤兄《そがのあかえ》であった。この時、有間に近づいた赤兄が天皇の失政を話題にしたところ、有間はつい謀叛《むほん》の意志を口にしてしまう。すぐさま捕えられ、有間は天皇のいる紀伊国へと護送されたが、右の歌はその途中、*磐白で詠まれたものだとされている。

　松の枝を結ぶのは、無事を祈る呪術的な行為である。しかし、その願いも空しく、紀温湯で皇太子の尋問を受けた後、有間は帰途の*藤白坂で絞殺されている。享年十九歳。

　磐白は、*切目峠を越えたところで、田辺湾の向こう側に目的地の紀温湯が初めて見える場所である。そこには自分の運命を決める人々が待っていた。死を宣告されることが予想されるが、それでも無事を祈らずにはいられなかったのだ。

*孝徳天皇—在位は大化元年（六四五）～白雉五年（六五四）。
*難波—難波長柄豊碕宮で、現在の大阪市中央区法円坂にその史跡がある。
*飛鳥河辺行宮—奈良県高市郡明日香村稲淵に営まれた宮であるとされる。
*斉明天皇—舒明天皇の皇后。舒明の死後即位して皇極。再び即位して斉明と呼ばれる。在位は、斉明元年（六五五）～同七年（六六一）。
*紀温湯—和歌山県西牟婁郡白浜町の湯崎温泉。
*蘇我赤兄—馬子の子。天智朝の左大臣。
*磐白—和歌山県日高郡みなべ町西岩代。
*藤白坂—和歌山県海南市藤代。
*切目峠—和歌山県日高郡印南町。

31 家《いへ》にあれば　笥《け》に盛《も》る飯《いひ》を
草枕《くさまくら》　旅《たび》にしあれば
椎《しひ》の葉《は》に盛《も》る

【出典】巻二・一四二

家にいれば、ちゃんとした器に盛った飯を、草を枕の不自由な旅の空にあるので、椎の葉に盛ることだ。

30と一連の有間皇子の歌。題詞には「松が枝を結べる歌二首」とあるが、この歌はそうした内容ではない。しかし、やはり磐白での作だとするのが通説である。

旅先の不自由さをうたったものだが、「椎の葉に盛る」ということについては、説が分かれている。謀叛人として護送される皇子の不如意な食事と見る説が一般的だが、一方に、神に供える食事だとする説もある。椎はブナ科の常緑樹で、葉はごく小さい。とても食器の代わりになるようなものではない。それもあって、神に供える食事とする説が生まれたのだ。

しかし、この歌を有間の実際の体験をうたったものだとは考えにくい。そもそも、人権意識のない時代に、通常の旅の二倍ほどの速さで護送されて行った罪人に、満足な食事が与えられたとは考えにくい。「笥に盛る」か、「椎の葉に盛る」かという対比は、現実的な事柄ではなく、『万葉集』の旅の歌の基本的な発想様式に基づくのであろう。

そもそも、旅の歌は「家」と「旅」とを対比した形でうたうのが通例である。37もそうしたものの一つだが、心休まる「家」に対して、不自由で不安な「旅」という対比である。野宿をイメージさせる「草枕」という枕詞は、それを象徴的に表しているのだ。「椎の葉に盛る」「飯」も、事実ではなく、象徴的な表現だと見るべきであろう。

護送され、帰途に絞殺された人の歌がどうして残ったのかも疑問である。皇子の二首は、権力闘争の中で若くして敗れ去った皇子の悲劇が、後世の人によって語り伝えられたものであったと考えられる。

天皇の聖躬《みやまひ》不予したまひし時に、大《おほ》后《きさき》の奉《たてま》れる御歌《みうた》一首

32
天《あま》の原《はら》　ふり放《さ》け見《み》れば
大王《おほきみ》の　御寿《みいのち》は長《なが》く
天足《あまた》らしたり

【出典】巻二・一四七

「（天智）天皇のご病気が重くなられた時に、大后が奉った御歌一首」
天空にある神々の世界をふり仰いで見ると、大君のご寿命は長々と、天空を満たされていることです。

天智天皇は天智十年（六七一）十二月、四十六歳で崩御しているが、その年の九月から体調が悪化している。「不予」とは、病が重篤になったことを言

うので、右は*倭大后《やまとのおおきさき》が、天皇の崩御直前に献上した歌だということになる。『万葉集』の巻二の「挽歌」部には、天智の崩御に関わる歌が九首載せられているが、この歌はその冒頭に置かれている。

かつては、言葉には不可思議な力が宿っていると信じられていた。それを*言霊《ことだま》と呼んだが、右はそうした言霊の力を期待した歌であって、大后個人の心情をうたったものではない。また、奉った歌であって、作った歌ではない。つまり、このような場合には、個人的な歌とは違って、オリジナルな表現よりも伝統的で格式に満ちた表現こそが求められた。そうした言葉にこそ、言霊の力が働くと考えられていたのだ。

「天《あめ》」とは、天空にあると信じられた神々の世界のことだが、ふり仰いで見ると、天皇の「御寿」が、そこを満たしていると言う。「たり」は断定だから、確信に満ちた言い方である。しかも、「足らし」は「足る」の尊敬語。つまり、天皇は自分自身の力で「天の原」を「御寿」で満たしている、ということになろう。長寿を祈念する歌だが、これほどまでに確信に満ちた言葉を使わなければ、言霊は発動しないのだ。当然のことだが、それは病の床にある天皇の前で、朗々と力強くうたわれたものに違いあるまい。

*倭大后—天智天皇の妃。天智に滅ぼされた古人大兄皇子の娘。

*言霊—言葉に宿っている不可思議な力。

天皇の大殯《おほあきら》の時の歌二首

33 かからむの　懐《おも》ひ知《し》りせば
大《おほ》御《み》船《ふね》　泊《は》てし泊《とま》りに
標《しめ》結《ゆ》はましを　額田王

【出典】巻二・一五一

「(天智) 天皇の大殯の時の歌二首」

このようなお考えを事前に知っていたならば、天皇のお乗りになる船が停泊している港に、しめ縄を張っておいたものを。

額田王の作

天智十年（六七二）十二月に崩じた天智天皇の大殯*の時の額田王《ぬかたのおおきみ》の歌。『日本書紀』にはその時、「喪服を着て、三遍挙哀」したと伝えている。それは殯宮における哭礼《こくれい》であると見られる。殯宮とは、埋葬までの間、遺体を一時

＊大殯―天皇の葬儀のこと。仮に遺体を安置した場所で、招魂及び鎮魂の歌舞などが行なわれた。

的に安置しておく場所のことで、そこでさまざまな儀礼が行なわれた。

初句の「かからむの」には「かからむと」と訓む説もある。しかし、後者は誤写として原文を恣意的に改める説。原文*は「かからむの」としか訓むことができない。やや熟さない感もあるものの、「かくあらむ（天皇）のお心」という意味に解しておく。「大御船」は天皇が、あの世へと行く乗り物である。船形の棺が使われたのだと見る説もある。「標」は通常、外から立ち入らないように張るもの。したがって、病気を起こす悪霊などの侵入を防ぐためのものだとする説もあるが、天皇の乗る船が他界へと旅立って行かないように張る縄だという見方が通説である。

ところで、死んだ人はどこに行くかと言えば、『万葉集』の場合、山に行くとうたうのが一般的である。いわゆる山中他界である。ここに見られるように、船で他界に行くとうたわれる例は、天智の例を除くと皆無である。『万葉集』は基本的に、奈良盆地の中の歌集である。だからこそ、山中の他界が一般的なのであろうが、ここで船に乗って行く他界がうたわれるのは、広々とした琵琶湖に面した大津宮だからこそ選ばれた表現であろう。それは決して、大津宮の時代の他界観がそうであったということではあるまい。

*原文―『万葉集』が成立した奈良時代には、まだ仮名がなかった。したがって、すべて漢字で書かれているが、ここは「如是有乃」とされている。「かからむと」と訓む説は、この「乃」を「刀」の誤りとする。

34
やすみしし　吾《わ》ご大王《おほきみ》の
大御船《おほみふね》　待《ま》ちか恋《こ》ふらむ
志賀《しが》の辛崎《からさき》　舎人吉年《とねりきね》

【出典】巻二・一五二

この世界をあまねく支配されている我が大君の、お乗りになった船を待ち焦がれていることだろう、志賀の辛崎は。

舎人吉年の作

「志賀」は、現在の滋賀県大津市の小地名。旧近江国滋賀郡である。また「辛崎」は、現在の大津市唐崎。琵琶湖に面した風光明媚な土地で、近江八景の一つ「唐崎の夜雨」として知られている。平安時代には「*七瀬の祓所」の一つにも数えられた。そこは大津宮の置かれた*錦織遺跡の北東二、五キロほどのところで、現在は唐崎神社が鎮座する。大津宮鎮護の神、日吉大社の

＊七瀬の祓所―朝廷の行事で、人形を身代わりに天皇の災厄を負わせて流した。
＊錦織遺跡―大津市錦織の住宅街の中で大津宮の跡が確

ている。

摂社である。その境内には、古来歌に詠まれた唐崎の松が見事な枝を伸ばし

右は33と同様、天智天皇の大殯の時の歌。「やすみしし」*は「吾ご大王」を導き出す枕詞で、「大王」が世界の支配者であることを示す。「大御船」は天智が他界へと旅立った時に乗った船のこと。額田王の歌も三句目を「大御船」としているが、この歌は額田の歌を受けて、天智は「辛崎」から船出をしたと言うのである。

『万葉集』に唐崎の松はうたわれていないが、松は〈待つ〉ものとしてうたわれることが多い。「辛崎」が「待ちか恋ふらむ」というのは、湖畔の松を前提にしていた可能性もあろう。旅立った天智を待ち焦れているのは、後宮の女官や官人たちばかりでなく、自然もまた同じであると言うのだ。「辛崎」を擬人化した一首であると見ることができる。

舎人吉年は伝未詳。天智後宮の女官であろう。舎人が氏で、名はキネ。あるいは、エトシ、ヨシトシとも訓まれる。他に、田部櫟子《たべのいちい》が大宰府の官人として下る時に贈答した歌が二首ある。

認されている。

*やすみしし―35参照。

山科《やましな》の御陵《みささぎ》より退《まか》り散《あら》けし時に、額田王の作れる歌一首

35
やすみしし　吾《わ》ご大王《おほきみ》の
恐《かしこ》きや　御陵《みはか》奉仕《つか》ふる
山科《やましな》の　鏡《かがみ》の山《やま》に
夜《よる》はも　夜《よ》のことごと
昼《ひる》はも　日《ひ》のことごと
哭《ね》のみを　泣《な》きつつありてや
ももしきの　大宮人《おほみやひと》は　去《ゆ》き別《わか》れなむ

【出典】巻二・一五五

「山科の御陵から退去する時に、額田王が作った歌一首」
この世界をあまねく支配されている我が大君の、恐れ

多いことに、御陵にお仕え申し上げる山科の鏡の山に、夜は夜を徹して、昼は一日中、ひたすら声をあげて泣き続けただけで、立派な宮殿に仕える大宮人たちは、行き別れて行くのでしょうか。

山科の御陵とは、天智天皇陵のこと。それは京都市山科区の鏡山の麓に造営されたが、天智が都を置いた近江大津宮*からは、*逢坂山《おうさかやま》を越えて、二時間ほどもあれば徒歩で行くことができる。

天智天皇は、天智十年（六七一）十二月に崩御している。33でも見たように、それから大殯が行なわれたが、七世紀の天皇の葬儀は概して長期にわたった。翌年の六月、天智の後継をめぐって壬申の乱*が勃発するが、その時にはまだ、御陵も完成に至らず、葬儀も続けられていたのであろう。額田王を含め、天智の近親者たちは、御陵近くに設置された仮設の宿泊施設にあって、日々御陵に奉仕していたと見られている。ところが、乱の勃発によって、山科にも戦火の及ぶ可能性が出て来た。慌ただしく御陵から退かなければなら

＊近江大津宮―08参照。

＊逢坂山―大津市と山科区の境の峠。古代には関が置かれ、三関の一つとされた。

＊壬申の乱―15・16参照。

なくなったのだが、この歌は、そうした中で生まれたものだとされる。『万葉集』の天智挽歌群の掉尾《とうび》を飾る一首である。

「やすみしし　吾ご大王の」は、儀礼歌に見られる常套的表現で、天皇を称える働きを持つ。『万葉集』はまだ仮名のなかった時代の書物なので、原文は「八隅知之」と漢字で書かれている。その原義は別として、八方隅々まで支配する、といった意味である。「八」は全世界を表わすが、天皇が即位儀礼の時に立つ高御座も八角形。現在の天皇が即位した時に立った高御座は、京都御所に保存されているが、もちろんそれも八角形である。

「吾ご大王の御陵」と続くところだが、音数の関係もあって、「恐きや」という挿入句が置かれている。「鏡の山」は御陵の背後の山のことだが、御陵自体のことも「山」と言った。だからこそ、「御陵奉仕ふる……鏡の山に」と言うのである。

「夜はも」以下は、日夜葬儀に奉仕する様子をうたっているが、「はも」は、強い執着や感慨を持っている場合に、それを取り立てて提示しようとする働きを持つ。山科の御陵に対する奉仕に、強い執着のあったことが示されているのだ。「哭」は声をあげて泣くこと。『日本書紀』には、天智の葬儀に際して「挙哀《きょあい》」が行なわれたと伝えられるが、それは「発哭《ほっこく》」のことであるとされる。天皇の崩御を悲しみ、激しく哭き声を挙げる儀礼だが、それは招魂の呪術の伝統を負うものであったと考えられる。

「ももしきの」は枕詞。原義は不詳だが、「大宮」に懸かり、宮殿を褒める語であろう。「大宮人」の中には作者の額田も含まれる、とする見方が一般的である。現実問題としては、その通りなのだが、作者の意識としては、そうではあるまい。「ももしきの」は褒め言葉で、「去き別れなむ」と推量の形で結ばれてもいる。額田は一歩下がった形で、「大宮人」たちの外側からうたっているのである。

大津宮の時代の額田は、宮廷歌人*的な存在であった。07の歌が典型的だが、歌の場を領導する立場にあったことが窺える。この長歌は、額田個人の悲しみとしてうたわれたものではなく、宮廷全体の悲しみとしてうたわれているが、それはこの時代の額田の立場を反映したものだったのであろう。大津宮は、壬申の乱で灰燼に帰したが、宮廷歌人としての額田の活躍も、大津宮の終焉とともに終わっている。

*宮廷歌人―04参照。

36 山吹《やまぶき》の　立《た》ちよそひたる　山清水《やましみづ》
汲《く》みに行《ゆ》かめど　道《みち》の知《し》らなく

山吹の花がその周りを彩っている山の清水を、汲みに行きたいと思うが、その道がわからないことだ。

【出典】巻二・一五八

この歌には「十市皇女《とをちのひめみこ》の薨《こう》ぜし時に、高市皇子尊《たけちのみこのみこと》の作りませる御歌《みうた》三首」という題詞がある。その三首目の歌が、これである。

十市は、初期万葉を代表する女流歌人額田王と天武天皇*の娘で、天智天皇*の後継者となった大友皇子*に嫁して、葛野王《かどののおおきみ》を産んでいる。一方、高市皇子は天武の皇子。天智の崩御後、皇位継承をめぐる争いが勃発したが、それは天智の皇子大友と天智の弟大海人皇子《おおあま》（後の天武天皇）との間で争われた。いわゆる壬申*の乱である。十市からすると、それは父と夫の戦であっ

＊天武天皇―15・16参照。
＊天智天皇―06参照。
＊大友皇子―天智天皇の皇子。天武元年（六七二）、壬申の乱に敗れ、自死。『懐風藻』に漢詩がある。11参照。

た。悲劇の皇女と言うしかない。

　十市の死に関しては、12でも述べたが、天武七年（六七八）、三十代の若さで突然死している。伊勢行幸に出発する直前の死で、行幸はとりやめになった。何やら曰くありげな死であったように見える。高市は壬申の乱の折、天武方の将として活躍した。その十市の死を悼む挽歌は、夫の敵方にあった高市の三首しかない。いずれも哀切な歌だが、それらは十市をめぐる悲恋物語の存在を想像させる。

　山吹の花は黄色。それが咲いている「清水」というのは、判じ物である。すなわち、黄色い泉で「黄泉国《よみのくに》」を意味した。死者の国である。つまりこの一首は、十市皇女の逝ってしまった死者の国を訪ねて行きたいが、その道がわからない、という意。『歌経標式』という奈良時代末期に成立した歌論書によれば、これは「＊謎譬《べいひ》」という技巧である。『古事記』の「黄泉国」は醜悪な世界だが、山吹に彩られた他界のイメージはとても美しい。

　また、「山清水」だからこそ「汲みに行かめど」とうたっているのだが、これは縁語的な技巧にほかならない。極めて技巧的なこの一首は、やはり悲恋物語として成立したものであるように見える。

＊高市皇子―天武天皇の皇子。天武朝の太政大臣。持統十年（六九七）没。
＊壬申の乱―15・16参照。
＊謎譬―直接的な言葉で表現せず、別の言葉に置き換えて言い表す。

上宮聖徳皇子《かみつみやしやうとこのみこ》の竹原井《たかはらのゐ》に出遊《いでま》しし時に、龍田山《たつたやま》の死人を見て悲傷《かなし》びて作りませる歌一首

37 家《いへ》にあらば　妹《いも》が手巻《てまか》かむ
草枕《くさまくら》　旅《たび》に臥《こや》せる　この旅人《たびと》あはれ

【出典】巻三・四一五

「上宮聖徳皇子が竹原井にお出かけになった時に、龍田山の死人を見て悲しんでお作りになった御歌一首」
家にいたらならば、妻の手を枕にすることだろう。草を枕の不自由な旅のさなかに斃れた、この旅人が哀れだ。

竹原井は、*大和と*河内とを結ぶ龍田道に置かれた竹原井頓宮《＊かりみや》のこと。聖徳太子創建の法隆寺も、その龍田道に沿ったところにある。右は、そこで太子

*大和―現在の奈良県の旧国名。

が道端に横たわる死人を見て、悲しんで作った歌だとされる。

「家」と「旅」を対比してうたうのは、『万葉集』の旅の歌の基本的な形式である。「妹」(妻)がいて、心安らぐ場である「家」とは正反対の「旅」。「草枕」は一般に「旅」の枕詞だとされるが、それは「旅」の不安さ、不自由さを表わす心情表現だと考えてもよい。旅先の死は、それだけで非業の死なのだ。

太子は日本の仏法の祖とされ、その事績を伝える絵画も数多く作られた。各地の寺院に現存する多くの『聖徳太子絵伝』は絵解き説法などに利用されたが、その中には必ず、太子四十二歳のこととして、片岡山*で「飢者」に出会う場面が描かれている。路傍に臥す賤しい病人に自分の着ている衣を与えたのだが、凡人には賤しい病人としか見えなかった者が、実は「聖人」だったとする話である。「聖人」は「聖人」を知る、ということを伝えているのだ。

同様の伝承は、『日本書紀』や『日本霊異記』*にも見える。奈良時代以後、太子は人々の信仰の対象となって行くが、『万葉集』に載るこの歌も、そうした太子の姿を伝える伝承の一つであったと考えられる。

*河内―現在の大阪府東部の旧国名。かつての大阪は、河内・摂津・和泉の三つの国に分かれていた。

*頓宮―行宮とも言う。天皇の旅先の宿泊所である。

*片岡山―奈良県香芝市あたりかとされるが不明。

*『日本霊異記』―平安時代初期に、薬師寺の僧景戒によって編まれた仏教説話集。

額田王《ぬかたのおほきみ》の近江《あふみ》天皇を思ひて作れる歌一首

38
君待《きみま》つと　吾《わ》が恋《こ》ひ居《を》れば
我《わ》が屋戸《やど》の　簾《すだれ》動《うご》かし
秋《あき》の風《かぜ》吹《ふ》く

【出典】巻四・四八八

「額田王が近江天皇を偲んで作った歌一首」
あなたのおいでをお待ちして、私が恋い慕っておりますと、我が家の戸の簾を動かして、秋の風が吹いていることです。

近江天皇とは、近江大津宮に都を置いた天智天皇。その大津宮の時代は、額田王が宮廷歌人的な立場で、もっとも活躍した時代である。その額田が、天智天皇を思って作った歌だとあるので、額田は当初、大海人皇子の妃であったが、やがて天智に召され、大津宮の時代には天智の妃の一人になっていたのだと言われて来た。二人の貴公子の間で、愛の葛藤に翻弄されたラブ・ロマンスのヒロイン額田、といったイメージである。

しかし、そうした見方は江戸時代の末期以後に顕著に見られる享受史的なイメージに過ぎない。古代の人は素朴で、そこには真実の歌声があるという伝統的な万葉観を前提としたものである。しかし、「王」は敬称であり、自ら名乗るものではない。また「近江」も、和銅六年（七一三）に発せられた*好字令に基づく地名表記であって、大津宮の時代ものではない。すなわち、題詞は『万葉集』の編者の理解を示したものでしかないのだ。

恋しい気持ちで男を待っていると、秋の風が空しく吹いて来るという発想は、中国の漢詩文に例の多いことが指摘されている。この歌は*閨怨詩《けいえんし》の翻案であるとする見方である。近年は、帝の寵愛の薄れたことを嘆く宮怨詩の翻案だとする説もあるが、いずれにせよ、「天皇を思ひて」というテーマで、漢詩の発想を参考にしつつ作られた歌であろう。大津宮の時代にはしばしば、文雅の宴が催されたことが知られる。額田は天皇の寵愛を求める歌をなし、天皇主催の宴席に彩りを添えたのであろう。

*好字令―風土記撰進の詔に含まれる事項で、国名・郡名・郷名を好字二字で表記せよという法令である。

*閨怨詩―男の訪れのないことを嘆く詩。

39

鏡王女《かがみのおほきみ》の作れる歌一首

風《かぜ》をだに　恋《こ》ふるはともし
風《かぜ》をだに　来《こ》むとし待《ま》たば
何《なに》か嘆《なげ》かむ

【出典】巻四・四八九

「鏡王女が作った歌一首」
風をさえ恋しいと思えるのは羨ましい。風をさえ来るだろうと待っているならば、どうして嘆くことなどありましょうか。

一般に、38の額田の歌に唱和した歌だとされる。男の訪れを待ち侘びる額田の歌に対して、私のところには、風さえも吹かないのです、風を待つことのできるあなたの方が遙かにましですよと、応じた歌だというのである。

鏡王女は一般に、額田王の姉だとされる。本居宣長*が『玉勝間』という本の中で述べているのだが、実は、宣長はそこでまったく根拠らしい根拠を示していない。しかも、それを裏づける資料も存在しないのだ。

男の訪れを待つ額田の歌に対して、嫉妬の念も見せずに、こうした歌がうたえるのは、確かに実の姉ぐらいであろう。しかし、そうした見方には疑問がないわけではない。そもそも、題詞*には「作れる歌」とあって、「答える歌」とはされていない。また、額田は「風」を「恋ふ」ているのではなく、「君」の訪れを待っているのだ。しかも、『万葉集』では通常、「秋の風」は寒く吹くものであって、男の訪れを期待させるようなものではない。この「風」は、男の訪れの予兆であるとする見方が一般的だが、そうした捉え方も江戸時代末期の注釈書から見られるもので、享受史的な理解の一つに過ぎない。

この歌は唱和の歌としてではなく、「鏡王女の作れる歌」として読まなければならない。額田の歌と同じく、「天皇を思ひて」というテーマで作られ、〈寒い風〉を、〈男の訪れの予兆〉に巧みに詠み変えたものであろう。つまり、自身の寂しい身の上をうたったものであったと見ることができる。

＊本居宣長―『古事記伝』などの著作で知られる江戸時代の国学者。伊勢の人。

＊題詞―07参照。

崗本天皇《をかもとのすめらみこと》の御製歌《おほみうた》一首

40 暮去《ゆふさ》れば　小倉《をぐら》の山《やま》に　鳴《な》く鹿《しか》は
今夜《こよひ》は鳴《な》かず
い寝《ね》にけらしも

【出典】巻八・一五一一

「崗本天皇がお作りになった御歌一首」
夕方になると、小倉の山で鳴く鹿は、今夜は鳴かない。寝てしまったらしい。

「崗本天皇」とは、飛鳥の岡本*に宮を置いた天皇の意。一般に舒明*天皇のことだとされるが、その皇后も、夫の死後に即位した際、岡本に宮を置いたので、後*岡本宮天皇と呼ばれた。『万葉集』には、巻九にもほぼ同じ歌が載せられているが、それは雄略天皇の歌だとされている。これは伝承歌であ

*岡本—奈良県高市郡明日香村の中心部。飛鳥京跡と呼ばれ、飛鳥板蓋宮から飛鳥浄御原宮までの宮殿が、そこに次々に造られたと見ら

り、さまざまな伝えがあったのだろう。

「去る」は、進行する、移動する、の意。行く・来る両方の場合がある。したがって、「暮去れば」で、夕方になると、の意。「小倉の山」は飛鳥周辺の山であろうが、具体的な場所は不明。

鹿の鳴き声は、物悲しげに聴こえるが、『日本書紀』には*仁徳天皇と鹿の鳴き声に関わる次のような伝承がある。天皇は秋、高殿で夜ごと*菟餓野《とがの》の鹿の鳴き声を聴いていた。その声は澄み通って悲しげだった。ところが、ある日鹿の声が聴こえない。翌日、*猪名県《いなのあがた》の者が貢物を持って来たと言うので、食膳に仕える者に訊ねると、貢物は牡鹿であると言う。どこの鹿かと問うと、菟餓野の鹿であると答えた。天皇は、夜ごとに鳴き声を聴いていたあの鹿だと悟った。天皇がその鳴き声を愛しんでいる鹿だとは知らずに献上したのだが、天皇は猪名県の者を宮に近づけることを禁じた上に、僻遠の地に移した。

古代の天皇は、高殿で鹿の声を聴く儀礼を行なったのだとする説もある。豊穣を確認する儀礼である。舒明の歌だとされているものが、一方で*雄略の歌とされるのは、そうした理由によるものとも考えられる。

れている。

＊舒明天皇―在位期間は、舒明元年（六二九）～同十四年まで。

＊後岡本宮天皇―一般には皇極天皇と呼ばれる。

＊仁徳天皇―17参照。

＊菟餓野―現在の兵庫県神戸市灘区の都賀川付近とされる。

＊猪名県―現在の兵庫県尼崎市の北東部。

＊雄略天皇―01参照。

額田王の略伝

推古朝（五九三～六二八）の末頃、大和国平群郡額田郷で、鏡王という人を父として生まれた額田は、十代で皇極女帝に仕え、親しくその側近に奉仕した。やがて大海人皇子の妃となり、十市皇女が生まれる。しばらくは宮廷から離れたが、斉明元年（六五五）、皇極が斉明として再び登極するに伴って、再度女帝の側近に仕えるようになる。すでに三十代となっていたが、宮廷歌人的な活躍はこの時期に始まる。

宮廷歌の担い手として、もっとも顕著な活躍をしたのは、天智天皇の時代（六六七～六七一）である。この時代は文運が高まり、たくさんの漢詩が作られた。その一方で、額田はヤマトウタの担い手として華やかな活躍をした。四十歳代のことだが、この時期の額田はまさに宮廷歌人と言ってもよい存在であった。

ところが天武元年（六七二）、壬申の乱の勃発が額田の人生を大きく変えた。大津で天智の喪葬に奉仕していた額田は、乱を制して即位した天武天皇の敵方になってしまった。飛鳥にもどった天武の宮廷に、額田の居場所はなかった。四十歳代半ばにして、額田の長い老後が始まる。

やがてその天武も崩御し、持統天皇の時代（六九〇～六九七）になると、柿本人麻呂の活躍が始まる。すでに額田の活躍する場はなかった。そんな中、過去に生きる額田のもとに、吉野から弓削皇子の歌が届けられた。額田は六十代の老婆になっていたが、さすがに見事な和歌を成し、最後の輝きを放っている。

初期万葉関係年表

天皇	年号	西暦	事項
仁徳			磐姫皇后歌群（17・18・19・20）。
雄略			天皇御製歌（01）。
推古	二十三年	六一五	聖徳太子の片岡山の伝承（37）。
			＊『古事記』の記述は推古天皇まで。
舒明	元年	六二九	1月、舒明天皇即位。 望国歌（02）、御製歌（40）。宇智野遊猟歌（03）。
	十三年	六四一	10月、舒明天皇崩御。
皇極	元年	六四二	1月、皇極天皇即位。
	四年	六四五	6月、蘇我氏滅亡。皇極天皇退位。
孝徳	大化　元年	六四五	6月、孝徳天皇即位。年号を大化と改める。 12月、難波長柄豊碕宮に遷都。
	二年	六四六	1月、改新の詔を公布。
	四年	六四八	この年、皇極太上天皇、菟道に宿る（04）。
	白雉　四年	六五三	この年、中大兄皇子、母（皇極）・間人皇后はじめ百

			官を従えて倭京に還る。
斉明	元年	六五五	1月、斉明天皇、飛鳥板蓋宮に即位。
	四年	六五八	10月、紀伊国温湯に行幸。 11月、有間皇子の変。自傷歌（30・31）。
	六年	六六〇	7月、百済滅亡。
	七年	六六一	1月、百済救援のため御船西征。播磨国通過の際、三山歌（06）。伊予熟田津に停泊。 3月、額田王の熟田津の歌（05）。 7月、天皇、筑紫の朝倉宮で崩御。
天智	二年	六六三	8月、白村江の戦いで敗れる。
	六年	六六七	3月、近江大津宮に遷都。額田王の歌（08）。井戸王の歌（09）。
	七年	六六八	1月、天智天皇即位。 5月、蒲生野縦猟。額田王の歌（10）、皇太子の答える御歌（11）。 この頃、春秋競憐歌（07）。鏡王女の歌（21・22）。鎌足の歌（23）。久米禅師・石川郎女の贈答（24・25）。大伴宿禰と巨勢郎女の贈答（26・27）。額田王と鏡王女の歌（38・39）。

八年	六六九	10月、藤原鎌足薨去。
十年	六七一	9月、天智天皇不予(32) 10月、大海人皇子、吉野へ(15)。 12月、天智天皇崩御。以後、大殯の時の歌(33・34)。
天武　元年	六七二	6月、壬申の乱勃発。この頃、御陵退散の時の歌(35)。 7月、壬申の乱終結。
二年	六七三	2月、天武天皇、飛鳥浄御原宮で即位。このころ天皇と藤原夫人の贈答(28・29)。
四年	六七五	2月、十市皇女、阿閇皇女と伊勢神宮に参赴(12)。 4月、麻続王、因幡に流される(13・14)。
七年	六七八	4月、十市皇女、突然宮中で病死(36)。
八年	六七九	5月、吉野の盟約。天皇御製歌(16)。
朱鳥　元年	六八六	9月、天武天皇崩御。

初期万葉系図

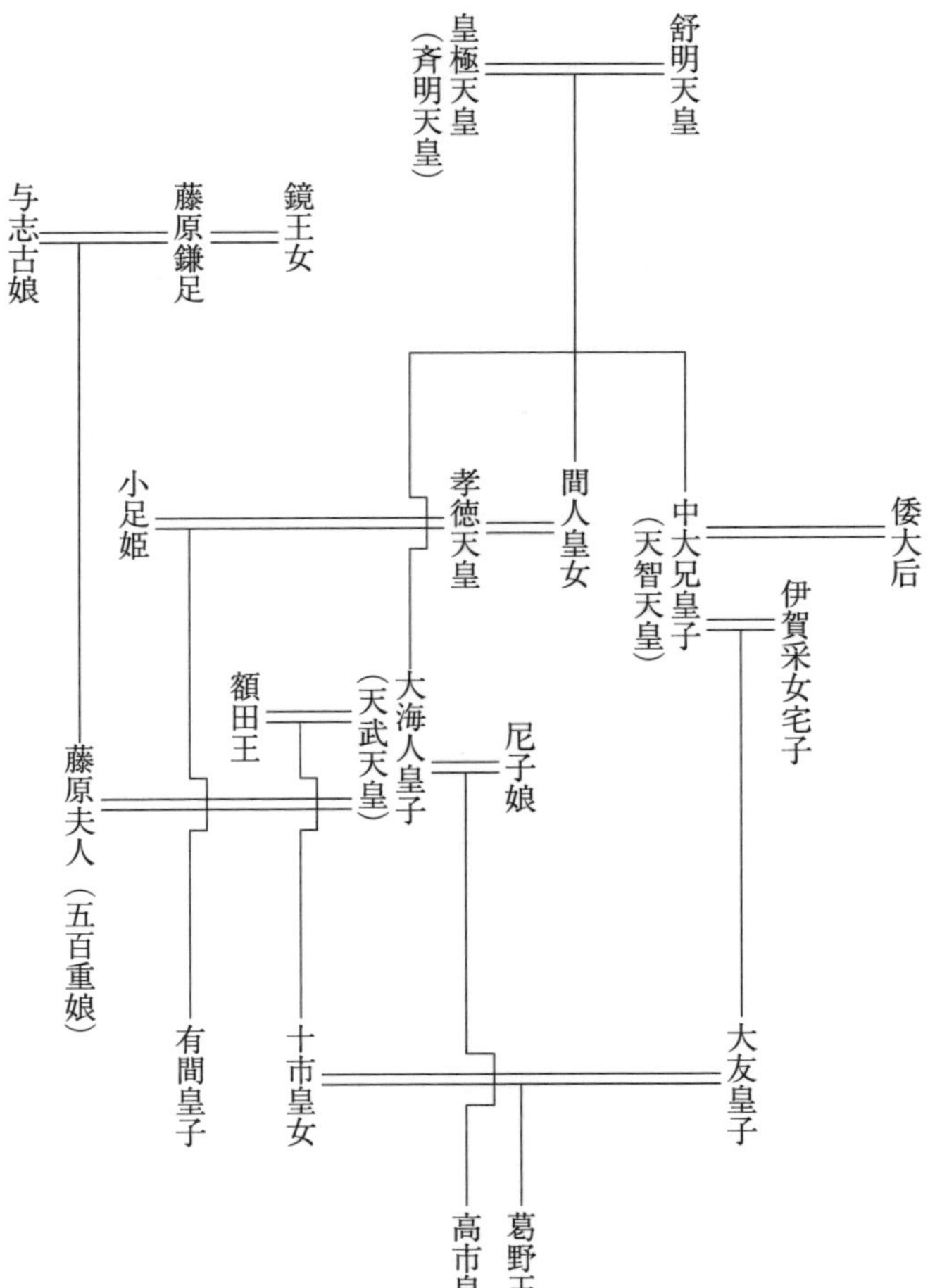
舒明天皇
皇極天皇（斉明天皇）
鏡王女
藤原鎌足
与志古娘
倭大后
中大兄皇子（天智天皇）
間人皇女
孝徳天皇
小足姫
伊賀采女宅子
大海人皇子（天武天皇）
額田王
尼子娘
藤原夫人（五百重娘）
大友皇子
十市皇女
有間皇子
葛野王
高市皇子

解説　「古代の声を聞くために」――梶川信行

四期区分説と「初期万葉」

『万葉集』には、七、八世紀の歌々が収められているが、その歴史は通常、四期に分けられる。

第一期は、舒明天皇の時代（六二九〜六四一）から壬申の乱（六七二）まで。これは、集団的な口誦の歌の世界の中から、個の抒情としての歌が誕生した時代だとされる。第二期は、平城京遷都（七一〇）まで。宮廷社会における柿本人麻呂の活躍に象徴される時代である。第三期は、天平五年（七三三）まで。大伴旅人や山上憶良などの文人たちをはじめ、さまざまな個性が花開いた時代。天平五年は、そうした人々の活躍がほぼ終息し、世代交代の起こった時期である。第四期は、『万葉集』の最後を飾る大伴家持の歌まで。天平宝字三年（七五九）正月の歌だが、この時期は家持を中心とした多様な宴席歌に特徴が見られる。こうした四期区分が長らく通説であった。

そうした中で、昭和二十年代に「初期万葉」という用語が生まれ、四期区分の第一期を指すようになる。第一期という言い方が機械的な区分名であるのに対して、それはまさに〈万葉風の初期の時代〉という歴史的位置づけを担っている。通説としての四期区分の一方で、

「初期万葉」という用語が定着して行ったのは、一つにはそうした理由による。

二つの「初期万葉」

ところが、その後の研究史の中で、「初期万葉」という用語の理解に、二つの立場が現れるようになった。一つは、第一期に相当するという従前の立場だが、もう一つは、柿本人麻呂が登場するまでという見方である。壬申の乱から人麻呂の登場までは少し時間がある。天武天皇の時代（六七三～六八六）とほぼ重なるが、それを含めて「初期万葉」と言うべきだとする立場である。

古代の歌の歴史の中で、人麻呂の果たした役割は大きい。人麻呂以前とそれ以後とでは、その風景が大きく異なっている。かつて、「人麻呂峠」という比喩的な用語によって、その文学史の分岐点の意義を見事に摘出した研究者もいたが、確かに、抒情詩の曙の時代と、個性の花開いた時代が、人麻呂を分水嶺としてきれいに分かれている。また、壬申の乱・平城遷都といった歴史的な事件によって時代を区分するのではなく、歌自体のあり方を前提に時代区分を考えようとしている点でも、万葉の歴史を人麻呂によって二分する説は、十分な説得力を持っている。

歴史認識としての「初期万葉」

とは言え、そうした説の中にも問題点が隠されている。それは『万葉集』という歌集自体が抱えている問題である。当然のことだが、歌集を編むという行為には、編者の価値観が反映している。どんな歌を選ぶかといった時、そこに個人的な価値判断が入らないことはあり得ない。また、どう位置づけるか、といった歴史認識の問題もある。編纂という行為は、編者の独断と偏見であると言ってもよい。

私たち研究者は、古代の日本列島の歴史という大海の中にある『万葉集』というたった一つの歌集を手がかりに、古代の歌とはどのようなものだったのか、ということを考えているに過ぎない。ところが従来は、『万葉集』から見える風景が、あたかも古代の歌の歴史の全体像であるかのように捉えられて来たのだ。

今日、『万葉集』が日本を代表する古典であるということに、異議を唱える人はあるまい。とは言え、それは近代の価値観にほかならない。奈良時代にもさまざまな歌集が生まれていた。『万葉集』の中にも、今は残っていない歌集の名がいくつも伝えられている。すなわち、『万葉集』は only one ではない。one of them でしかなかったのだ。

「初期万葉」とは、『万葉集』というたった一つの歌集から窺うことのできる初期の歌の世界でしかない。それは必ずしも、古代の日本列島の歌の歴史の初期ではない。『万葉集』の編者の歴史認識にほかならならず、それが普遍性を持つかどうかは、慎重に考えてみなければならない問題なのだ。

「初期万葉」の歴史認識　「初期万葉」に位置づけられた歌々の大半は『万葉集』巻一・巻二に収録されているが、そこでは、歌々が天皇の代ごとに分類されている。すなわち、

高市岡本宮に天の下知らしめしし天皇の代（舒明天皇）
明日香川原宮に天の下知らしめしし天皇の代（皇極天皇）
後岡本宮に天の下知らしめしし天皇の代（斉明天皇）
近江大津宮に天の下知らしめしし天皇の代（天智天皇）
明日香清御原宮に天の下知らしめしし天皇の代（天武天皇）

といった形の標（右を「御代別の標」と呼ぶ）によって区分されているのだ。個々の歌の正

確な作歌年次よりも、どの天皇の時代の歌なのかということの方が重視されているのだが、私は明日香清御原宮の時代以前を「初期万葉」とする立場をとる。人麻呂が登場する前の世界である。

一方、『万葉集』には部立てによる分類もある。巻一は「雑歌」（公の場で詠まれた歌）、巻二は「相聞」（消息を問い合う歌。大半が恋歌）と「挽歌」（人の死に関わる歌）で、これが『万葉集』の三大部立てと呼ばれる。それぞれの部立ての下に、御代別の標が置かれた形である。

柿本人麻呂の歌々は、巻一・巻二ともに、

　藤原宮に天の下知らしめしし天皇の代（持統天皇）

に位置づけられている。ところが、その歌数を見てみると、巻一の場合、藤原宮以前の歌は全部で五三首だが、そのうちの二六首が藤原宮の時代の歌である。巻二の「相聞」では、五六首中の三六首が藤原宮で、「挽歌」に至っては、それが八七首中の六五首をも占める。持統の時代（六九〇〜六九七）はたった七年ほどに過ぎないのに、その時代の歌が巻一・巻二の大半を占めていることになる。

これは持統朝を〈現代〉として、その時代を一つの到達点とした歌の歴史であって、天武朝以前の歌はその前史に過ぎない、と見るべきであろう。すなわち、「初期万葉」とは自立した歌の歴史ではなく、言うなれば、柿本人麻呂によって頂点に達した歌の歴史の前史にほかなるまい。当然、「初期万葉」は七世紀の歌の歴史を集約し、それを過不足なく伝えたものではないのだ。

「初期万葉」の歌人たち　そこに登場する人々にも偏りがある。天皇をはじめとする皇族と、その周辺の身分ある人々に限定されている。今、それを一覧してみると、次のようになる。

【仁徳朝】　磐姫皇后
【雄略朝】　天皇
【推古朝】　聖徳太子
【舒明朝】　天皇・間人連老・軍王
【皇極朝】　額田王
【斉明朝】　額田王・中皇命・中大兄皇子・有間皇子
【天智朝】　額田王・井戸王・大海人皇子・天皇・鏡王女・藤原鎌足・久米禅師・石川郎女・大伴安麻呂・巨勢郎女・倭大后・石川夫人・舎人吉年
【天武朝】　吹芡刀自・麻続王・天皇・藤原夫人・高市皇子

皇族が多く、それ以外の人々も、天皇周辺の身分ある人々である。右のうち、推古朝以前は伝説の時代だが、舒明朝以後の実質的な歌の歴史の中では、額田王がもっとも顕著な活躍をした人であることが窺える。したがって、「初期万葉」とは額田王を中心とした時代であると位置づけることもできる。本書を額田王と初期万葉の歌人たちで構成したのは、そうした理由による。

声の世界の歌　「初期万葉」の時代は、一般に声の歌の世界だったと考えられている。『古事記』の序文には、古来の伝承を漢字という外来の文字で書き表すことの困難さが記されているが、それは当然『万葉集』の問題でもあった。文字で記録してくれたからこそ、私たちはその時代の歌を知ることができるのだが、ビデオなどとは違って、彼らの肉声を文字で正確に伝えることは困難である。「初期万葉」は、テープ起こしの原稿のようなもので、必ずしも声の世界を忠実に伝えているとは限らない。

『万葉集』を読むことは、文字化された歌を読むことである。しかし、それを読む営みは、それだけで完結しない。文字の向こう側にどのような声の世界が広がっていたのか。「初期万葉」の場合は、それを考えてみなければならない。つまり、八世紀に定着した文字の世界を通して、七世紀の声の歌の世界に分け入らなければならないのだ。

歌のリズム　『万葉集』は五七調を基本とする。ところが、学生たちに万葉歌を音読させると、なぜかほとんどの学生が七五調に読む。その間違いを正すために、適宜改行して歌を提示し、句読点まで付したのが、武田祐吉の『萬葉集全註釋』（角川書店）であった。半世紀以上も前の書物だが、この問題に関しては時が止まったままで、一般の方々の理解はまったく変わっていないように見える。

そこで本書でも、長歌も短歌も、あえて適宜改行する形で提示した。その方が意味を捉えやすい上に、それは概ね歌のリズムとも一致している。改行を意識することを通して、歌のリズムを味わってほしい。それはきっと、声の歌の世界に分け入る入口となるに違いあるまい。

読書案内

【注釈書】

『萬葉集〈新編日本古典文学全集〉』　小島憲之ほか　全四巻　小学館　一九九四〜一九九六
『萬葉集釋注』　伊藤博　全十二巻　集英社　一九九五〜一九九九
『萬葉集全歌講義』　阿蘇瑞枝　全十巻　笠間書院　二〇〇六〜二〇一五
『万葉集全解』　多田一臣　全七巻　筑摩書房　二〇〇九〜二〇一〇

【入門書】

『創られた万葉の歌人　額田王』　梶川信行　塙書房　二〇〇〇
　七世紀に生きた額田王は、八世紀に編纂された万葉集というレンズを通して、その姿が見えるに過ぎない。そのレンズの屈折率を測りつつ、万葉集の伝える額田王を考える。
『東アジア　万葉新風景』　東茂美　西日本新聞社　二〇〇〇
　恋愛模様、ガーデニング、ギャンブル、臓器移植など、万葉集の中に現代を見つけ、東アジアの文化の中に咲いた万葉歌の諸相を鮮やかに切り取って見せる。
『万葉びとの生活空間』　上野誠　塙書房　二〇〇〇
　最新の考古学の成果を踏まえながら、万葉人の生活空間を復原しつつ、万葉歌を読み解いた書。歩く万葉の精華である。

『短歌学入門　万葉集から始まる〈短歌革新の歴史〉』　辰巳正明　笠間書院　二〇〇五
「人はなぜ歌うのか」「歌のはじめ」から「定型の呪縛と現代短歌」「短歌の行方」までの二九項目にわたって、短歌の本質を歴史的に見通す。

『万葉集百首』　古橋信孝・森朝男　青灯社　二〇〇八
万葉集の中から百首を選び、古橋・森の両氏が、それぞれに簡明な解説をほどこす。文学の発生を掘り下げる古橋と、的確な批評の森という好対照が興味深い。

『木簡から探る和歌の起源』　犬飼隆　笠間書院　二〇〇八
近年続々と発見されている歌木簡を手掛かりに、古代の歌がどのように書かれ、披露されたか、その実態を探る。万葉集研究の新しい動向を知ることができる。

『万葉集を訓んだ人々「万葉文化学」のこころみ』　城﨑陽子　新典社　二〇一〇
万葉仮名という特殊な表記によって書かれた万葉集がどう訓まれて来たのか。平安時代から近世まで、漢字に訓をあてて行く研究の奥深さを平易に解説。

『万葉集鑑賞事典』　神野志隆光編　講談社学術文庫　二〇一〇
鑑賞編と事典編によって構成される。鑑賞編は初期万葉から大伴家持まで、著名歌人の歌を中心に解説。事典編は、万葉集の構成・歌人・宮都・技巧など。手堅いが、やや専門的。

『音感万葉集』　近藤信義　塙書房　二〇一〇
和歌は意味ばかりでなく、音の要素が重要だとして、音の側面から万葉の世界に分け入った書物。若い人たちにも親しみやすいよう解説に工夫が凝らされている。

【付録エッセイ】（一九九六年（平成八年）五月二三日（木曜日）東京新聞（夕刊））

万葉集と〈音〉喩
——和歌における転換機能

近藤信義

近藤信義《こんどうのぶよし》（国文学者）［一九三八―］『音喩論―古代和歌の表現と技法』『万葉遊宴』。

私は古代和歌の技法、とりわけ枕詞・序詞などに興味をもって万葉集や古代歌謡などを読んでいるが、最近もっと音の要素を重視する必要があるのではないかということをしきりに考えるようになっている。万葉集に限らず古典の読みは意味を中心とした研究の積み重ねといえる。それはさることながら、しかし和歌や歌謡の世界には意味以外の要素もあるわけで、それを発見し上手に説明する方法がないものだろうか、と考える一環の中でのことがらである。

■たち働く新しい感性

日本語には擬態・擬声語が多いといわれている。これは人の周辺で発せられる音や外界の、つまりは自然界からもたらされる声などを受けとめる方法である。言語としてなりたってゆく一つの始原的状態であるともいえようか。そして現在でもどんどん生産されている状況にある。おそらくここには新しい感性や創造性が楽しげにたち働き、ことばの現場感覚（臨場感）があるからであろう。したがっていつの時代にも多くが生まれ、そして消えてゆく。不安定で未成熟な要素があるのだ。

未成熟といってもここからが言語としてのきっかけでもある。万葉集には、たとえばイ(馬声)、ブ(蜂音)、ツツ(喚鶏)、カケ(可鶏)などとあり、カッコ内はいわゆる万葉仮名であって、イが「馬の声」であることの説明でもある。馬の声を「イ」で受けとめているゆえにイナナク、イバユ(ともに馬が声高く鳴くこと)の語が成立してくるのである。カケはにわとりであって、その鳴き声がそのまま名詞として成立している例である。

オノマトペというのはこうした鳥虫獣その他自然界の生き物の声や物音の聞きとり、聞き写しに由来するのであるが、万葉集などにはこれを基点にもうひとつ転換させた表現法が表れてくる。次のような歌を読み比べていただきたい。

・にはとりは　かけろと鳴きぬなり　起きよ起きよ　わが門に　夜のつま　人もこそ見れ　(神楽歌)

・烏とふ　大をそ鳥の　まさでにも　来まさぬ君を　ころくとそ鳴く　(万葉集巻一四)

右の二首の歌はどちらも妻問いにかかわるが、神楽歌には通い夫を人に見られまいとする早朝のわかれの光景が表されており、万葉集は通ってこない夫のいることをからかうがごとき烏に罵声をあびせて、いまいましさを表しているわけである。

この場合「にはとりは　かけろ」は、鶏の鳴き声の聞きとりがそのまま歌詞となっているが、万葉歌の「ころく」は二重の働きが潜んでいる。一つは烏の鳴き声をコロクと聞きとり、もう一方で「このごろ来る」の意味を発生(いわゆる聞きなし)させている。烏の鳴き声はカーカー以外にもなかなか複雑で、この場合は烏の求愛期に「クルルー」とつがいに鳴く声に基づいている。このように聞きとりと、その音を軸にある意味へと歌の中で急転換している状態、ちょうど音のトランスに入ったような働きのあることを〈音《おん》〉喩《ゆ》と呼んでみているのである。

■枕詞や序を持つ歌の中に

この〈音〉喩の装置を巧みに働かせている例が、いわゆる枕詞とか序を持つ歌の中に見出せるのである。たとえば序を持つ歌の構造では、序の流れと〈音〉喩の装置によって転換してゆく歌の流れとが、まさしく意外性をあらわしてゆくことになる。

・柵越《くへ》しに　麦食む子馬の　はつはつに　あひ見し児らし　あやにかなしも

（万葉集巻一四）

右の場合、子馬が柵越しに首をのばして麦を食んでいる食み音が「はつはつ」にとらえられ、同時にそれがトランスに入って、わずかにとか、あるいはちらりとの意味をもつ副詞「はつはつに」へと転換する。歌の主意はちらりと見そめたあの児がたまらなくいとしいよ、といった方向の下句にあるのだが、しかし、この転換の妙はなかなかの技だ。ここに〈音〉を利用した古代和歌のいきいきとした様相を見出せると思うのである。

このような〈音〉喩を装置化している歌を見ていると、一首の歌の構造がまるでことばの宇宙、つまり自然界から音をとらえて言語化してゆくことばの生成過程、を形作っているようにすら見えてくるのである。

梶川信行（かじかわ・のぶゆき）
＊1953年東京都生まれ。
＊日本大学大学院文学研究科博士後期課程満期退学。
＊現在　日本大学文理学部教授、博士（文学）。
＊主要著書
『万葉史の論　山部赤人』（翰林書房・1997）　上代文学会賞受賞
『創られた万葉歌人　額田王』（塙書房・2000）
『初期万葉論〈上代文学会研究叢書〉』（編著・笠間書院・2007）
『万葉集と新羅』（翰林書房・2009）
『額田王　熟田津に船乗りせむと』（ミネルヴァ書房・2009）
『おかしいぞ！国語教科書』（編著・笠間書院・2016）

額《ぬか》田《たの》王《おおきみ》と初《しょ》期《き》万《まん》葉《よう》歌《か》人《じん》　コレクション日本歌人選　021

2012年2月29日　初版第1刷発行
2017年7月15日　再版第1刷発行

著者　梶川信行
監修　和歌文学会

装幀　芦澤泰偉
発行者　池田圭子
発行所　有限会社　笠間書院
東京都千代田区猿楽町2-2-3［〒101-0064］
NDC分類 911.08　電話　03-3295-1331　FAX 03-3294-0996

ISBN978-4-305-70621-8

印刷／製本：シナノ
乱丁・落丁本はお取り替えいたします。　（本文用紙：中性紙使用）
出版目録は上記住所または info@kasamashoin.co.jp まで。

コレクション日本歌人選　第Ⅰ期〜第Ⅲ期　全60冊完結！

第Ⅰ期　20冊　2011年（平23）2月配本開始

1	柿本人麻呂	かきのもとのひとまろ	高松寿夫
2	山上憶良	やまのうえのおくら	辰巳正明
3	小野小町	おののこまち	大塚英子
4	在原業平	ありわらのなりひら	中野方子
5	紀貫之	きのつらゆき	田中登
6	和泉式部	いずみしきぶ	高木和子
7	清少納言	せいしょうなごん	坪美奈子
8	源氏物語の和歌	げんじものがたりのわか	高野晴代
9	相模	さがみ	武田早苗
10	式子内親王	しょくしないしんのう（しきしないしんのう）	平井啓子
11	藤原定家	ふじわらていか（さだいえ）	村尾誠一
12	伏見院	ふしみいん	阿尾あすか
13	兼好法師	けんこうほうし	丸山陽子
14	戦国武将の歌		綿抜豊昭
15	良寛	りょうかん	佐々木隆
16	香川景樹	かがわかげき	岡本聡
17	北原白秋	きたはらはくしゅう	國生雅子
18	斎藤茂吉	さいとうもきち	小倉真理子
19	塚本邦雄	つかもとくにお	島内景二
20	辞世の歌		松村雄二

第Ⅱ期　20冊　2011年（平23）10月配本開始

21	額田王と初期万葉歌人	ぬかたのおおきみ　しょきまんようかじん	梶川信行
22	東歌・防人歌	あずまうた　さきもりうた	近藤信義
23	伊勢	いせ	中島輝賢
24	忠岑と躬恒	みぶのただみね　おおしこうちのみつね	青木太朗
25	今様	いまよう	植木朝子
26	飛鳥井雅経と藤原秀能	まさつね　ひでよし	稲葉美樹
27	藤原良経	ふじわらのよしつね（りょうけい）	小山順子
28	後鳥羽院	ごとばいん	吉野朋美
29	二条為氏と為世	にじょうためうじ　ためよ	日比野浩信
30	永福門院	えいふくもんいん（ようふくもんいん）	小林守
31	頓阿	とんな（とんあ）	小林大輔
32	松永貞徳と烏丸光広	ていとく　みつひろ	高梨素子
33	細川幽斎	ほそかわゆうさい	加藤弓枝
34	芭蕉	ばしょう	伊藤善隆
35	石川啄木	いしかわたくぼく	河野有時
36	正岡子規	まさおかしき	矢羽勝幸
37	漱石の俳句・漢詩		神山睦美
38	若山牧水	わかやまぼくすい	見尾久美恵
39	与謝野晶子	よさのあきこ	入江春行
40	寺山修司	てらやましゅうじ	葉名尻竜一

第Ⅲ期　20冊　2012年（平24）6月配本開始

41	大伴旅人	おおとものたびと	中嶋真也
42	大伴家持	おおとものやかもち	小野寛
43	菅原道真	すがわらのみちざね	佐藤信一
44	紫式部	むらさきしきぶ	植田恭代
45	能因	のういん	高重久美
46	源俊頼	みなもとのとしより（しゅんらい）	高野瀬恵子
47	源平の武将歌人		上宇都ゆりほ
48	西行	さいぎょう	橋本美香
49	鴨長明と寂蓮	ちょうめい　じゃくれん	小林一彦
50	俊成卿女と宮内卿	しゅんぜいきょうじょ　くないきょう	近藤香
51	源実朝	みなもとのさねとも	三木麻子
52	藤原為家	ふじわらためいえ	佐藤恒雄
53	京極為兼	きょうごくためかね	石澤一志
54	正徹と心敬	しょうてつ　しんけい	伊藤伸江
55	三条西実隆	さんじょうにし　さねたか	豊田恵子
56	おもろさうし		島村幸一
57	木下長嘯子	きのした　ちょうしょうし	大内瑞恵
58	本居宣長	もとおりのりなが	山下久夫
59	僧侶の歌	そうりょのうた	小池一行
60	アイヌ神謡ユーカラ		篠原昌彦

『コレクション日本歌人選』編集委員（和歌文学会）

松村雄二（代表）・田中　登・稲田利徳・小池一行・長崎　健